더 힘들어질 거야

더 강해질 거야

더 즐거울 거야

더 힘들어질 거야
더 강해질 거야
더 즐거울 거야

김수박 지음

천년의상상

작가의 말

그럼에도 더 좋아질 것을 꿈꿉니다.

"나는 날마다 모든 면에서 점점 더 좋아지고 있다"라는 에밀 쿠에의 자기암시를 여전히 좋아하고 또 믿습니다. 사랑하는 부모님이 멋지고 강하던 젊은 시절로 돌아갈 수 없음에도 불구하고 말입니다. 예쁘고 귀여운 아이들도 그만큼 자라고 나면 나를 떠나 자신의 길을 찾아 나설 텐데도 말입니다. 나와 아내는 서로의 낡아감을 바라보며 쓸쓸해질 텐데도 말입니다(그럼에도 "당신은 멋져!"라고 말해달라고 아내에게 부탁하고 싶군요. 저는 이렇게 말할 겁니다. "당신은 지금이 제일 예뻐."). 진실은 이렇습니다. 세상이 인간에게 더 좋아질 거라 하더라도, 나는 더 힘들어질 겁니다.

사랑하는 사람에게 달려가는 일조차 숨차게 될 것입니다.

돌이켜보니 힘들 때마다 그만큼씩 자랐더군요. 강해졌더군요. 흔한 비유로 무릎이 깨져가며 걸을 줄 알게 되었고, 휘청거리고 넘어져가며 자전거를 탈 줄 알게 되었습니다. 엄마 품에 머물렀다면 힘들지는 않았겠지요. 벅찬 언덕을 끙끙대며 넘고 보니 자신감을 얻게 되었고, 나만의 길을 찾아 나서겠다고 세상을 헤매놓고 보니 혼자 걸을 수도 혼자 밥을 먹을 수도 있게 되었습니다. 그러므로 아이들에게도 말해주고 싶습니다. 마음 같아서는 영원히 내가 품어 지켜주고 싶지만, 떠나는 길에 혹시… 가끔 힘들다면 그만큼 강해질 거라고 말입니다.

왜 즐거울 거냐고요? 더 힘들지만 그만큼 더 강해지니 즐거운 거죠, 뭐. ^^ 어느 날 역시 무릎이 아파 "에구에구" 소리 내지만, 애기들을 보듬으며 깔깔깔 웃으시던 장모님을 보며 생각하게 되었습니다. '힘들어도 웃는 사람들이 있구나.' '그럼에도 기꺼이 즐거워하는 사람들이 있구나.' 강한 사람들입니다. 모두가 힘들지만, 더 강해지고, 더 즐거울 것입니다.

때로는 외롭겠지요. 하지만 아시잖아요? 언제나 외로웠음을. 인간은 본디 외로운 존재였음을. 아시잖아요? 오직 '혼자서' 별나라로 떠날 것임을. 외로우면 사람이 그립기 마련입니다. 그러나 '지독한 외로움에 쩔쩔매본 사람'이 외로운 마음들에 손 내밀 수 있다고 생각합니다. 그러므로 조금 더 용기 내어 노크하려 합니다. 똑똑!

차례

2장 가을

3장 겨울

4장 그리고 봄

01 / 고독력

아홉 살 때였나? 어느 날 용기 내어 아이들에게 '다방구'를 제안했지.
"다방구 할 사람 여기여기 붙어라."
와하며 모여야 하는데 모두 외면하더군(타이밍이 안 맞았나?).
처음으로 느낀 깊은 외로움이었다.
그 이후로 줄곧 나는 왕따 인생이었다.
고스톱 · 포커는 물론 축구 · 농구 · 족구도 못 하고
스타크래프트 · 레인보우식스 · 포트리스 · 카트라이더 · 리니지도
해본 적 없고
스쿼시 · 수영 · 인라인스케이트 · 자전거 · 스키 · 배드민턴 등등
취미 활동도 안 했다.

하지만 왕따 동지들이여!
자부심을 가지자고!
우린 뭐든지 혼자 할 수 있는 능력을 가지게 된 거거든.

혼자 무언가를 할 수 없는 사람은 결국 아무것도 못 한다고!
"저는 혼자 밥 먹어야 하면 그냥 굶어요." "물론이죠. 저도 그래요."
흥! 밥도 혼자 못 먹는 찌질이 어른들…

혼자 할 수 있는 능력은 대단한 경쟁력이라고!
그 능력을 고독력이라고 하지.

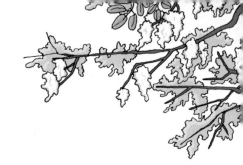

02 / 아카시아

언제부터였을까?

시험공부 하겠다고 밤새우며 라디오 사연을 듣던 여름밤이었던 것 같다.

멀리 개 짖는 소리도 이따금 들렸다.

열린 창으로 아카시아 향기가 코끝을 스치면

여름이 온다는 신호로 여겼다.

머리와 가슴을 스치는 종소리 같았다.

어느 주말, 시험공부 하겠다고 학교 나온 여학생들에게

함께 놀자고 우스운 이야기를 늘어놓고 있었다.

학교 뒤편 그녀들의 교실 창문을 향해서.

소녀들은 까르르 웃었지만 공부가 바쁘다며 다시 쏘옥 들어갔다.

그래도 아카시아 향기가 좋아 배시시 웃었더랬다.

어릴 적 젊은 엄마의 냄새도 떠오른다. 아카시아껌….

그녀는 그중 하나를 어린 아들에게 주기도 했지만 나는 받지 않았다.

그것은 여자 어른의 향기 같았다.

앞으로 오게 될 매미 소리와 뜨거운 태양을 그려본다.
이윽고 짧은 봄과 가을의 게으름을 떠올리고는

"뜨거운 여름을 더 뜨겁게 보내주마!"라고 말해
본다. 아카시아에게.

03 문방구

어릴 적 나는 커서 냉차 파는 아저씨가 되고 싶었고(냉차를 실컷 마실 수
있을 것 같아서)
엿장수도 되고 싶었다(같은 이유로).
학교를 다니면서 꿈을 바꿨다.
연필도 공책도 있지만 무엇보다 신기한 장난감과
아이들만 좋아하는 이상야릇한 불량식품이 가득한
보물창고 같은 문방구의 주인이 되고 싶었다.
학교를 마치면 와글와글 모여드는 아이들을 보면서
흐뭇한 미소를 짓고 싶었다(뽑기 상품을 숨겨놓고서).

어른이 되고 보니 문방구가 사라진다.

04 쓴맛

어린 시절에는 달콤한 것만 좋았지.
연양갱, 꿀쫀드기, 신호등사탕, 초코파이, 샤브레, 밀크카라멜
꿀꽈배기, 홈런볼, 스위티, 빼빼로, 버터링, 칸쵸, 쿠크다스
새콤달콤, 카스타드, 미니쉘, 비틀즈, 홍키통키….
요즘 어린이들은 어떤 달콤한 것을 좋아할까?

달콤한 것들 중 가장 경이로웠던 것은 치즈케이크였다.
뒤늦게 만난 나는 별천지를 경험한 듯 감탄사를 연발했다.
그러나 역시 쓰디쓴 커피와 함께해야 어울리지.

만날수록 쓴 것이 좋아지는 너와 나.
삶이 달콤하지만은 않아서인가?

와~ 뭐… 우와! 생긴 건 꼭 돼지머리 눌러 논 것같이 생긴 게…

뭐…이렇게 경이로운 맛이 다 있냐~?! 오— 달콤하다!

화들짝!

소주 마시러 갈까?

좋지!!! 설렁탕에!

솔직히 남자 둘이서 치즈케이크가 뭐냐?

왠지 먹고 싶었지. 달콤한 것이.

05 개랑 놀면 너랑 안 놀아

"개랑 놀면, 너랑 안 놀아!"라고 말했던
6학년 때 친구를 그때는 더 설득하지 못했지만
중고등학생이 되고 보니 어려서 그랬구나 싶었다.
그냥 "그러지 말고, 같이 놀자"라고 하면 될 것을.
조금 컸다고, 중고등학교 시절에는 이 말을 생략했다.
그저 말없이 우리는, 개랑 놀면 너랑 안 놀았다.
말없이 그렇게 했다. 공부하기 바빠서 그랬을까.

"개랑 놀면 너랑 안 놀아!" 같은 놀이는
어른이 되면 안 할 줄 알았는데
초등학교 시절처럼, 중고등학교 시절처럼 똑같더라.
다만 그때보다 더 차갑고, 그때보다 더 슬프더라.
나이 먹을수록 없어지는 게 아니라
좀 더 교묘해지고, 좀 더 치밀해지는 것 같다.

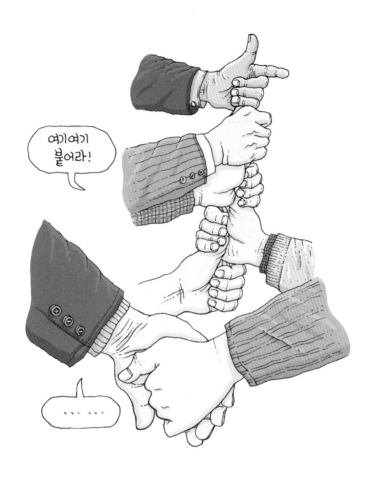

더 말하고 싶은 게 있는데도, 더 보여주고 싶은 게 많은데도
때론 처음 보는 사람들도 걔랑 논다는 이유로 거절했다.
어른이 아이처럼 그렇게 한다고 해서 순진한childlike 걸까?
어른이 아이처럼 그렇게 하니까 유치한childish 거잖아.

06 / 구름

고등학교만 졸업하면 행복할 줄 알았고
이 고민만 해결되면 행복할 줄 알았는데
이곳에서는 저곳을 동경하고 저곳에서는 이곳을 그리워했다.
그러고 보니 파란 하늘에 저 구름이 말해주고 있었네.

"또한 나는 이때 비로소
구름의 아름다움과 우울을 이해할 수 있었다.
구름은 끝없이 먼 저편으로 방황하며
간다는 것을 알았기 때문이다."

— 헤르만 헤세, 《페터 카멘친트》 중에서

"또한 나는 이때 비로소
구름의 **아름다움**과 **우울**을
이해할 수 있었다.

구름은 끝없이 먼 저편으로
방황하며 간다는 것을
알았기 때문이다."

헤르만 헤세
《페터 카멘친트》 中

07 / 서울

많은 청춘이 그러하듯 가야 한다고 생각했다.
서울이란 곳에 가고 싶었다.
단출한 방 한 칸을 마련하고
아버지와 멍게에 소주 한잔(멍게를 먹을 줄 모르지만).
"니는 이제 서울 사람 되는 기데이."
"예? 무슨 서울 사람입니꺼? 주말마다 올 겁니더."
"허허, 그렇게 되나 보자. 한잔해라."

일주일에 한 번 전화하는 것도 게을러졌고
집에 가는 것도 한 달에 한 번, 두 달에 한 번
그러다 일 년에 두 번 명절에만….
어떤 명절은 건너뛰며 고향은 자꾸자꾸 멀어져갔다.

나보다 어린 나이에 자신 고향을 떠나신 아버지는 아셨다.
내가 몰랐던 것을 그는 허락하셨다. 나는 보다 진지했어야 했다.

멍게 한 점 눈 꼭 감고 삼켰을 것을.

08 / 이주 단지

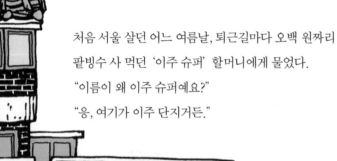

처음 서울 살던 어느 여름날, 퇴근길마다 오백 원짜리
팥빙수 사 먹던 '이주 슈퍼' 할머니에게 물었다.
"이름이 왜 이주 슈퍼예요?"
"응, 여기가 이주 단지거든."

"여기는 왜 이름이 이주 단지예요?"
"응, 옛날에 서울로 이주해온 사람들이 모여 사는 데거든."

그래서 내가 서울 살던 동네의 어른들은 모두가 비슷한 고향 말씨를 썼다.
그 '자식 세대'는 고향 말씨도 쓰고 서울 말씨도 썼다.
지금 '손자 세대'는 서울 말씨만 쓴다.

그때부터 서울이 덜 낯설게 되었다.

09 / 노크

스물일곱, 김포공항 건너편 옥탑집에 살던 나는
이륙하는 비행기를 향해 무작정 손을 흔들곤 했다.
만에 하나 무심코 비행기 창밖을 내다보던 누군가가
돌아오는 길, 외로운 나의 집을 노크할지 모른다는 상상을 했다.
그러지 못한다 해도 상상은 좋은 것.

건너편 옥상 할머니가 이상하다는 듯 보았지만
그 이후 적어도 나는 누군가의 외로운 마음에
노크할 수 있었다.

10 / 밤 불빛

이런들 저런들 서울의 불빛은 아름답다.
특히 다리를 가로질러 강을 건너는 지하철에서는….
차창에 머리를 기대면 흘러간 사람들이 떠오르기도 하고
이 매력적인 서울을 결코 떠날 수 없을 것만 같다.
한동안 서울을 미워하기도 했다.
너무 많은 욕망을 따라가기에 숨이 차서.
나중에는 미워하지만 사랑한다는 걸 깨달았다.

미워도 사랑할 수 있다.
서울은.

11 호박나이트

추석 연휴가 저물어가는, 그러나 불타는 금요일 밤, 오랜 친구들을 만난 나는 도대체 '호박나이트'가 뭐하는 곳인지 궁금해 물어보았다. 모두들 직장 생활을 해서 그런지 아주 잘 알고 있었고, 몹시 친절하게도 호박나이트뿐만 아니라 아주 많은 종류의 대한민국 지하경제 음지 문화에 대해 상세히 설명해주었다. 두 시간의 설명으로도 모자랄 만큼 그 세계는 방대했고 나는 거의 대부분을 무슨 소리인지 알아들을 수 없었지만, 친구들은 끝까지 순박한 프리랜서를 무시하지 않았다. 여러모로 고마운 친구들이다.

그중 아직 결혼을 하지 않은 한 친구는 내 궁금증을 진심으로 풀어주고 싶어 했다. 백문이 불여일견이라 직접 가서 보면 알 수 있다고 했다. 나는 정말 내키지 않았지만, 그 친구와 둘이서 근처 호박나이트에 입장하게 되었다. '그래, 친구를 위해서라면 뭔들 못 하겠나. 친구를 위해서라면 가장 싫은 일도 한 번쯤 할 수 있는 거지.'

나는 그 친구가 참 잘되었으면 좋겠다고 생각했고, 그 친구의 인연을 맺

어주려 열심히 춤을 추었다. 긴 팔로 웨이브를 추었는데, 친구가 웨이브 추는 거 아니라고 했다. 로봇 춤을 추었더니 여기서는 그러는 거 아니라고 했다. 브레이크 댄스를 추려고 엎드리는 순간, 여기서 이러면 안 된다고 했다. 에어기타는 자신 있었는데 음악에 맞춰 기타 치는 시늉을 했더니 춤은 그만하고 부킹을 기다려보자고 했다.

어떤 여자가 옆에 와서 앉았다. 음악 소리 시끄러운 가운데, "몇 살이세요? 나는 칠사!"라고 했더니 "오빠네!" 하고는 친구가 기다린다며 떠났다. 친구는 여기서 나이 묻는 거 아니라고 했다. 또 다른 여자에게 "나는 대명동 살아요. 어디 사세요?"라고 물었더니, 그녀 역시 떠났다. 친구는 나가서 국수에 소주나 먹자고 했다. 또 다른 여자에게 꿈이 뭐냐고 묻지도 못했는데….

바로 앞 포장마차에서 국수랑 소주를 시켜 먹고 있었다. 덩치 큰 청년이 홀로 앉아 어디에 전화를 걸고 있다. 술에 아주 많이 취한 듯 보였다. 전화에 한참 욕을 퍼부었더니, 2분 만에 그의 친구 홀쭉이와 긴 생머리 여자가 나타나 앉았다. 그들은 포장마차에서 오랫동안 싸웠는데, 덩치 큰 청년은 일어나 의자를 뻥 차버리고는 욕을 하며 떠났다. 마주 앉아 있던 홀쭉이와 긴 생머리 여자는 오늘 호박나이트에서 만난 사이다. 홀쭉이는 저 여자 때문에 친구를 버린 상황이다. 아, 문제는 홀쭉이가 저 여자를 아직 설득하지 못했다는 것이다. 그로부터 15분은 더 애걸복걸하더니 여자가 일어나 떠났다. 아!

포장마차에는 우리 둘 일행과 홀쭉이가 덩그러니 앉아 있었다. 홀쭉이는 어떤 여자 때문에 우정을 깨뜨렸고, 여자는 떠났다. 세상에 이보다 안타까운 일이 또 있나? 나는 그 모습을 보며 연신 소주를 들이켰다. 인

34

생의 쓴맛이 온몸을 휘감았다. 내 친구가 그래도 오늘 참 재밌었다고 말
해주어서 고마웠다. 파랗게 동이 트고 있었다. 친구와 집으로 돌아가며
이 상황에 관해 제목을 지어보았다고 말했다. '동트는 패배' 어떠냐고.

12 / 행복 타령

행복, 행복, 행복….
그녀가 결국 역정을 냈다.
그놈의 행복 타령 좀 그만하라고.
인간은 원하는 것이 너무 많기 때문에
그것을 가지게 되어도 또 원할 것이기 때문에
언제나 내일을 걱정하며 살기 때문에
또 행복해야 할 조건을 생각하기 때문에
끝없이 영원히 죽을 때까지 원할 것이기에
인간은 결코 행복할 수 없는 존재라고.

그러면 원하는 것을 줄이거나 버리면 되지 않을까?
내일보다 오늘이 소중하다면 행복하지 않을까?
조건은 언제든 달라지지만
'행복해야 한다고 여기면' 행복하지 않을까?

내가 보았을 땐 오직
행복하고자 하는 사람만 행복하던데.
그녀가 또 행복 타령한다고 구박했다.
그렇게 부킹한 지 10분 만에 헤어졌다.

어쩌지?
끝없이 영원히 죽을 때까지 행복 타령할 것 같은데.
인간은 행복할 수 없는 존재라지만
행복해야 하니까.

무… 물론 아주 오래된 일이다.
하긴 '타령'이 어울리지 않는 곳이기도 했지.

"무슨 생각해?" "나는 '無조건' 행복해!"
"무슨 소리야?" "미안해, 잘못했어."

13 나쁜 새끼

만화를 하겠다고 마음먹고 서울에 올라와서, 1년 정도 길을 못 찾고 헤매다가 막일을 나갔었다. 인터뷰 같은 것을 하면 내가 '노가다' 잘한다고 표현하곤 했는데, 그것을 본 아버지가 이제 노가다했던 얘기를 그만하면 안 되겠냐고 하셔서, 요즘은 '막일'이라고 표현한다. 그 일에 익숙한 사람은 아니었지만 어떤 일이든 하다 보면 조금씩 더 알게 되고 할 만하게 된다. 현장 아저씨들은 "이력이 나면 괜찮아져"라고 표현하곤 했다. 정말 이력이 나기 시작하니까 일이 재미있었고, 심지어 지금보다 돈도 잘 벌었다.

막일을 한 2년 했을 무렵, 어느 날 옛 친구가 왜 이렇게 연락이 없느냐며 좀 보자고 했다. 막일하는 동안은 친구를 만나기 싫었다. 그래서 소원한 면이 있었는데, 연락하지 않은 것은 그쪽도 마찬가지 아니었나. 나는 이런 경우를 좀 우습다고 생각한다. 오랜만에 만난 경우, 연락하지 않은 것을 묻자면 쌍방 책임이다. 서로 연락 안 했기 때문에 오랜만에 만난 것이다. 그러나 꼭 한쪽에서 먼저 '선빵'을 친다. 이런 경우 참 흔하다.

"연락 좀 해라, 이 자식아!"

그러고 나면, 상대방이 아무 죄도 없이 죄인이 된다. 나는 친구에게 솔직하게 말했다. 사실 최근 2년 동안 돈 벌자고 막일을 좀 했는데, 친구나 선후배를 일부러 안 만났다고….

아무 죄도 없는 사람을 죄인 만드는 말 기술은 또 있다.

"너는 나쁜 새끼야."

이 친구는 나를 위로하고 싶은 모양인데, 문제는 이제부터 내가 화난 친구를 달래야 한다는 것이다. 한 시간을 달래도 모자라다.

"내가… 좀 그랬어, 미안해."

"미안하긴 뭐가 미안해, 넌 나쁜 새끼야. 내가 너 친군데, 친구끼리 그런 게 어디 있냐? 사람이 있을 때도 있고, 없을 때도 있지. 사람이 좀 없다고 친구를 피하냐? 넌 나쁜 새끼야, 이 자식아!"

이런 식으로 나에게 마구 쫑코를 준다. '나는 이 친구에게 왜 미안해해야 할까. 위로를 할 거면, 진짜 위로를 하든가.' 시간이 흐르면 이렇게까지 생각이 미친다. '이 친구는 세상의 많은 일들을 상대방 책임으로 둔갑시키는 데 능하구나.'

나는 그날 술자리가 파할 때까지 이 친구를 달래야 했다. 만약 마음이 힘든 쪽을 가리자면 내 쪽인데….

집에 가는 택시를 타기 직전까지 친구는 말했다.

"힘들면 연락해. 알았지? 넌 나쁜 새끼야, 인마!"

술 취한 친구를 태워 보내며, 나는 속으로 되뇌었다.

'아무리 힘들어도 저 새끼한테는 연락 안 해야겠다.'

14 / 길

직선의 길이 있고, 곡선의 길이 있고
지름길, 돌아가는 길, 거꾸로 가는 길도 있고
아카시아 향기에 취해 돗자리 깔고 기약 없이 머무는 길도 있다.
어떤 이는 그 끝을 알 것 같아 그 길을 가려 했고
어떤 이는 그 끝을 알 것 같아 그 길을 가지 않았다.

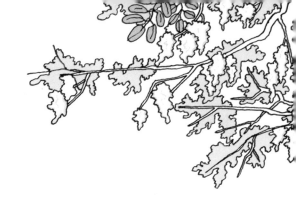

이랬으면 좋겠다.
걷다가 걷다가 쉼터에서 그 친구를 만나거든
"내 길이 옳다", "아니 내 길이 옳다" 그러지 말고
"그동안 잘 걸어왔어, 인마!" 하며
꽉 끌어안았으면 좋겠다.

"내 뒤를 걷지 마라. 내가 이끌지 못할지도 모른다.
내 앞에서 걷지 마라. 내가 따라가지 않을지도 모른다.
단지 내 옆에서 걸어가며 친구가 되어주라."

— 알베르 카뮈

15 / 비

어떤 선배가 말했다.

남자! 남자는 이 정도의 비는 맞고 걸어야 한다고.

우산을 빌려서는 안 된다고. 어깨로 흐르는 빗방울은 털어버리라고!

나는 언제부터 휴대폰과 시계와 수첩, 노트북과 mp3와 외장형 하드디스크, 안경과 담배와 양말 그리고 헤어스타일 망가질까 머리가 비에 젖는 것을 염려하며 살고 있나?

내 옷과 몸이 비와 먼지와 흙과 땀으로 더러워지는 것을 두려워하지 말기를….

마음 같아선 몽땅 갖다 버리고 싶은데

없으면 못 살게 된 문명의 족쇄들.

계획! 계획! … 또 계획!

어떻게 엉키어버렸는지 알 수 없는 주머니 속 mp3 이어폰.

16 / 국밥집

다른 도시에 가게 되면

혼자서라도 아무 국밥집에 들러본다.

둘이거나 여럿이라면 서로 이야기를 나누겠지만

혼자라면 모르는 옆 사람들의 말을 듣게 된다.

다른 도시의 사투리도 실컷 듣는다.

다른 도시의 생활도 엿듣는다.

그렇구나 싶어 나도 소주 몇 잔 기울이기도 한다.

서로 말을 주고받기도 한다.

"어디서 왔소?"

"어디서 왔심더."

우리는 서로 많이많이 들어야 하는구나 싶다.

혼자라서 느낀 걸까?

그동안 말하기 바빠 듣질 못했구나.

17 / 서른 살

서른 살에 있는 그대로의 나를 인정하기로 했다.
못 하는 것도, 안 되는 것도 어쩔 수 없다고 생각했다.
인정하니 나를 사랑할 수 있게 되었다.
사랑하니 부끄럽지 않았고, 부럽지 않았다.
남들이 뭐라든 나는 아침에 눈뜨면 기쁘다.
솔직히, 사는 게 재밌다.

47

18 / 아무래도

아무래도, '사랑'은
내가 좋아하는 것을 너에게 주는 것이 아니다.
네가 좋아하는 것을 너에게 주는 것이다.
그것이 처음 보는 것이라 하더라도
내가 싫어하는 것이라 하더라도.

— 일을 끝내고 반주로 소주 한잔 걸치고
잠든 아이를 바라보다 존 레논의 〈Love〉를 듣고 쓴다.

불안한 청춘의 시작

　어디엔가 나와 비슷한 사람이 있으리라 생각하고 이야기해보려 한다. 나의 글 속에서 우리 세대가 지닌 보편성이 드러날 테지만 모두가 동일하지는 않을 것이기에 나의 경험으로 말할 수밖에 없다. 혼자서 내가 속한 세대 전체를 대변할 수는 없으므로 한 세대 안에서 개인마다 경험 차이도 클 수 있음을 감안했으면 좋겠다. 또한 사회에서 일어난 거대한 변화와의 인과관계에서도 거리를 두고 말하려 한다. 나와 우리는 '개인주의자'라고 불렸으니까, 또 다른 누군가는 'X세대'라고 일컫기도 했으니까. 적어도 당시에는 그랬다.

　나는 지방 대학 93학번이다. 요즘은 학벌주의 타파라는 취지로 페이스북 등에서 "출신 학교와 학번을 밝히지 않습니다"라는 자기소개 문구를 보곤 하지만, 지방 대학 나온 나로서는 우리나라가 학벌사회임을 부인하지 않는다. 인정하고 싶지 않지만 현실이란 뜻이다. 굳이 취업의 장이 아니라 하더라도 사람들과의 만남 속에서

FESTIVAL I

그 냉엄한 벽이 엄연히 존재하고 있음을 두 눈으로 본다. 단지 가라앉은 마음으로 적당히 모른 척하며 살 뿐. 지방 대학 93학번이라고 처음부터 밝히는 이유도 여기에 있다. 이 글을 어떤 사람이 썼느냐는 사실 중요한 정보 아닌가. 'in서울' 대학이 아닌 바에야 학교의 이름은 의미 없다 하겠다.

93학번, 마지막 학력고사 세대였다. 나도 그렇지만 목표를 성취하지 못한 친구들 중에는 이듬해 수학능력시험이라는 새로운 제도에 적응하지 못할까 두려워 재수를 포기하고 주저앉은 사례가 많았다. 나는 뒷문으로 들어간다는 후기대에 입학했다. 눈 쌓인 입학식 날 교문 앞에서 아직 관계 설정도 되지 않은 낯선 선배들이 틀어준 비디오가 생각난다. 광주였다. 경상도 한복판에 있는 대학에서 우리가 입학 행사도 치르기 전에 알아야 할 것이 광주였다.

열정에 찬 그 선배들이 우리에게 무엇을 보여주려 했는지 알 것 같다. 개인적 패배감이 앞서서였을까, 나는 입학식에 참가하는 대신 주머니에 손을 찔러 넣은 채 한참 동안 서서 그 비디오를 보았다. 사실 처음 보는 영상은 아니었다.

1988년, 중학교 2학년생이었던 나는 광주민중항쟁에 관한 다큐멘터리 〈어머니의 노래〉를 TV를 통해 본 적이 있었다. 손가락으로 햇수를 세어보곤 불과 8년 전이라는 사실에 소름끼쳤던 기억이 아직도 생생하고, 그날 밤 무서워 결국 잠을 이루지 못하기도 했다. 얼마 뒤에는 〈퀴즈 아카데미〉의 오프닝 곡 〈사계〉라는 노래가 좋아 구입한 노래를 찾는 사람들의 2집 앨범에서 〈오월의 노래〉도 알게 되었다. 나는 이 앨범을 음악에 대한 기호로서 접했지만, 그때도 역시 무서워 잠을 잘 수 없었다. 지금 생각해보면 그 이후 조금 우울한 사람이 된 것 같다. 그리고 대학 입학식 날 스무 살의 나는 이제 그 영상을 충격으로 받아들이는 데 머무는 것이 아니라 오랫동안 설명을 들으면서 찬찬히, 꼼꼼하게 보았다.

그러나 나는 그날 처음 본 선배들이 내민 학생회나 방송부, 신문사 등의 입회원서를 작성하지 못했다. 이미 그때의 나를 이끌고 있던 것은 한 해 전 등장한 서태지였다. 고등학교도 졸업하지 않은 그가 노래에 담은 메시지는 메시지 이상이었다. 〈환상 속의 그대〉에서 그는 "사람들은 그대의 머리 위로 뛰어다니고, 그대는 방 한구석에 앉아 쉽게 인생을 얘기하려 한다"며 충고했다. 그러고는 "그대는 새로워야 한다. 아름다운 모습으로 바꾸고 새롭게 도전하자"
고 했다. 2집 〈수시아〉는 또 어떠한가. 그는 신께서 주신 나를 내세
우고 실패하고 쓰러지라고 했다. 나는 다시 일어설 수 있으며 그다
음에야 쓰러져 있던 나를 볼 수 있다고도 했다. 나는 이 메시지들을
흡사 지령처럼 받아들였다. 맹목적으로 따른 것은 아니었지만, 다
음 인생을 열어나갈 스무 살에게 설렘과 용기를 주기에 충분했다.

    선배들은 93학번 우리들을 못마땅해했다. 공동체의 룰에 관심이
없고 개인행동을 일삼는다며 X세대라고 불렀다. 지금 돌이켜보면
나와 1~3년 정도 차이 나던 그 선배들이 사회가 말하는 소위 X세대
의 출발점이었나 보다. "1990년대 초반에 대학을 다녔거나 졸업한
사람, 곧 90년대에 등장한 새로운 문화적 경험과 감수성을 지닌 20
대를 일컫는 용어"(김기란, 최기호, 《대중문화사전》, 현실문화연구, 2009)라니
말이다. 선배들은 술자리에서 "이제는 동구권이 무너졌고 세계가
달라졌으므로 자유로운 개인의 가치 추구가 어쩌면 자연스럽다"라
고 말하곤 했다.
    고등학생 시절에는 대학생 되면 데모하는 줄 알았는데, 학내 재
단비리 문제를 제외하곤 제대로 된 데모 한 번 못 해봤다. 우리는
술도 선배들이 권해서라기보다 스스로 좋아해 마셨다. 이성과 사
귀는 일에 관해 눈치를 본 적도 없다. 선배들에게 가장 흔하게 들던
말 중 하나는 이런 것이었다. "열심히 공부를 하든지, 열심히 놀든

지 둘 중 하나만 하면 나중에 잘산다." 88학번 한 선배의 이 말은 어떤 가르침 같은 것이었다. 정말로 누군가는 열심히 놀고 또 누군가는 열심히 공부했다. 사실 선배들이 그러라고 해서만은 아니었다. 대부분은 정말 잘 놀았다. 우리는 술자리에서 민중가요보다 〈나의 20년〉 같은 노래를 먼저 배웠다. "커피를 알았고 낭만을 참았던 스무 살 시절에 나는 사랑했네"라고 하면서 학교만 오면 여자 친구를 찾아 헤맸다.

학과마다 봄에 열리던 페스티벌에 동행할 이성을 찾는 일이 관건이었다. 페스티벌에 혼자 오느니 오지도 말라는 협박 아닌 협박을 들었다. 당일까지 파트너를 구하지 못해, 오는 길 어느 번화가에서 모르는 여자를 설득해 데려온 선배는 전설이 되었다. 나는 그런 낭만을 꿈꾸었다. 결국 혼자 오게 된 선후배가 집단을 이루어 자신들을 독립군이라 불러달라며 벌이는 진상은 가관이었다.

김창완의 〈그땐 좋았지〉 속 "아무 생각 없이 하루하루 지내던 그 시절 좋았지"라는 가사가 아주 잘 어울리는 시간이었다. 특히 "아무 생각 없이"가 잘 맞아떨어졌다. 물론 군 입대를 앞둔 대한민국 스무 살 스물한 살 남자들이 미래를 위해 무엇을 준비하겠는가? "군대 가면 다 까먹는다, 깡통 된다"가 전반적 의견이었다.

아무 생각이 없던 나는 김일성의 죽음을 무덤덤하게 바라보았고, 서강대 박홍 총장이 말하는 주사파가 있는지 없는지 무관심했으며,

군 입대 전임에도 불구하고 1994년 전쟁 위기에 시끌등했다. 당시에는 1993년 무려 73명이 사망했다는 부산 구포역 열차 전복으로 시작된 대규모 사고들이 먼저 눈에 들어왔다. 서해 페리호 침몰과 성수대교 붕괴에 경악했고, 아버지가 눈앞에서 보고 증언한 대구 상인동 가스 폭발 사고에 가슴을 쓸어내리곤 며칠 후 입대했다. 두 달쯤 지난 어느 오후에 주특기 훈련을 받던 도중 조교가 전화해야 하는 장병은 당장 나오라고 했다. 서울 삼풍백화점이 무너졌다고 했다. 그렇게 어마어마한 일들이 불과 1~2년 동안에 일어나는 데는 분명 어떤 이유가 있을 거라고 생각했다. 사람들은 "나라의 임금이 덕이 없으면 흉년이 든다"는 말로 지난 몇 해를 이해하려 했다.

정훈교육 시간에 보았던 96년 연세대 사태에 관한 비디오 영상은 말해주는 바가 있었다. 영상 전체가 학생들이 경찰진압대를 공격하는 장면만으로 가득 찬 것은 군대 내 교육의 꼼수라고 할 수 있지만, 대학 생활을 하다가 입대한 장병들도 학생운동에 부정적 인식을 가진 쪽이 꽤 있었다. 그럼에도 불구하고 "대학생 새끼들, 엎드려뻗쳐!"라는 선임하사의 얼차려 지시는 있을 수 있는 수순이라고 받아들였다.

가

을

01 / 단풍놀이

가을은 어느 한 계절만을 뜻하는 것이 아니다.

푸른 잎은 물들었다 마른 잎이 되어 떨어질 것이다.

가을은 변화와 퇴장을 연상하게 하는 계절이다.

그래서 생각이 많아지나 보다.

자연을 보며 너도 나도 영원하지 않다는 것을 확인하는 계절이다.

그래서 가을에는 어른들의 얼굴을 가만히 보게 된다.

웃음을 잃지 않는 얼굴을 만나면

새삼스럽게 경외감이 든다.

어릴 때는 모든 게 영원할 것 같아 알지 못했는데

조금씩 이해하기 시작한다.

어른들의 단풍놀이.

오래된 아파트

예전에 살던 오래된 5층 아파트
엘리베이터가 없던 그곳은
낡았지만 많은 것이 좋았다.

햇볕이 잘 들었고 나무가 무성했다.
나이 많은 나무는 높아
여름에 넓은 그늘을 선물했다.
사계절 변화가 눈앞에 드러나
바쁜 가운데에서도 자연을 만끽했다.
봄에는 알록달록 꽃이 피고, 여름은 짙푸르렀으며
가을엔 단풍 낙엽 지고, 겨울은 춥지만 또 따뜻했다.
1층 앞마당에는 엄마들이 고추를 말리고
무말랭이 만들 썬 무도 널어놓았다.
정자 그늘 아래 엄마들은

산더미 같은 비빔밥을 함께 만들어 먹기도 했다.
거기에서 저녁에 삼겹살을 구워 먹던 가족은
눈총을 피하기 위해 지나가는 이웃에게
고기 한 점 드시고 가라 권해야 했다.
소주 한잔 곁들이다 보면 아예 눌러앉기도.

창 너머 놀이터에서 아이들이 노는 소리도 들렸다.

윗집에서도 아이들이 뛰어놀았지만
집집마다 뛰놀았기에 상관없었다.
이 상관없음, '층간소음 트기'라고나 할까.
다른 집의 시끌벅적함을 존중함으로써
우리 집의 시끌벅적함을 존중받는 것.

아, 그러고 보니
아, 지금 생각해보면
마음 편한 곳이었다.

03 / 도서관

김천시 평화동 김천시립도서관.
책을 보는 거대한 손.
나도 이다음에 거대한 사람이 될까?

도서관에는 여름휴가가 없다.
더워도 공부하고, 추워도 공부하는 게 공부하는 사람이래.

저 산 너머 계곡이 나를 유혹해도
저 도시의 친구들이 나를 불러도
그리움마저 사치스러워 보여
쓸쓸하기도 하지만, 이곳은
미래를 준비하는 사람들이 모여 있는 곳.
고요하지만 열정이 끓고 있는 곳.
그래서 나는 처음을 잊어버린 느낌이 들 때마다

이곳을 찾아 그들 속에서 다시 공부를 한다.
누가 그랬어? 나중엔 공부하고 싶어도 못 한다고….
이럴 줄 알았으면 그 시절 그 애에게 고백해볼걸.

좀 더 놀아볼걸.
공부는 평생 하는 것이더군.
공부는 끝이 없더군.

04 / 고등학생

열일곱, 열여덟, 열아홉.
저 나이에 무슨 생각을 했었는지 우리는 기억한다.
우리는 알아챘다.

친구들과 신나게 떠들며 놀다가도 "인생은 한 번뿐이다…."
집으로 가는 길에 친구와 헤어지고 나면 "인간은 언젠가 죽는다…."
우연히 처마 밑으로 뛰어가 비를 피하다가도 "정말로 내가 원하는 일을
하고 싶어…."
공부를 하고 공부를 하고 또 공부하다가도
"인생은 한 번뿐이니까!"

돌이켜보면 삶이 무엇인지 알아가기에 이미 충분한 나이였다.
저 친구들도 그럴 것이다.
그들에게 '안정된' 길만을 제안하는 것은 걱정하기 싫어서일 수 있다.

66

부모의 이기심일 수도 있다.
한 번뿐인 인생에 '그 자신의 삶'을 살 수 있도록.
그들이 원하는 삶을 살도록….

05 돈키호테

대학 시절 연극반 친구가 있었다. 학교 다닐 때 이 친구는 연극을 올리면 꼭 와서 보라고 부탁하곤 했다. 나는 매번 나의 첫 번째 애인이나 두세 번째 애인을 동원해가며 객석을 채우는 역할을 맡았다. 연극은 공짜였지만 친구를 위해 애인에게 꽃다발을 준비시켰다. 그러나 나는 점점 더 연극의 매력에 매료되기 시작했다. 한정된 공간에서 연기자들과 호흡을 같이한다는 것이 나를 몰입하게 만들었고, 매번 연극을 통해 스스로가 변화해간다는 것을 느꼈다. 네 번째와 다섯 번째 애인이 흥미 없어 할 때에는 혼자서라도 보았다.

그중 순진한 내 인생을 크게 뒤흔든 연극이 있었다. 돈키호테! 학생 연극답지 않게 뮤지컬 형식을 취하였는데, 돈키호테 역을 연기한, 친구의 친구에게 블랙홀에 빨려 들어가듯 도취되었다. 나는 학교를 졸업하고 무엇을 하며 살아가야 할지 선택해야 할 시기를 앞두고 있었다. 돈키호테 친구는 자신이 부른 노래가 한 무지렁이의 삶을 결정했다는 사실을 알고 있을까?

"이룰 수 없는 꿈을 꾸고
 이루어질 수 없는 사랑을 하고
 견딜 수 없는 고통을 견디며
 잡을 수 없는 저 하늘의 별을 따자."

기억에 이런 노랫말이었을 텐데 그 시절 내 마음을 턱 하니 붙잡았다. 그럴 수 없는 것을 그러하겠다는 것! 나는 이 연극을 보고 내 미래를 정해버렸다. 하지만 그 후에도 '그럴 수 없는 것을 그러하겠다'는 다짐을 흥미로워하는 애인은 열 번째가 넘도록 찾을 수 없었다.

얼마 전 연극반 친구를 만나 돈키호테의 소식을 들었다. 재작년 PC방을 개업했는데 올해 편의점으로 업종을 바꾸었다고 한다. 나는 친구에게 돈키호테의 그 노래가 내 인생을 뒤흔들었다고 종종 고백하지만 그를 만나고 싶다 얘기하진 않는다. 쑥스러운 말이지만 그는 나에게 영원한 돈키호테다. 나는 기꺼이 그의 산초였기 때문이다.

지금도.

06 / 낙엽

저 단풍의 계절이 아름답다고 생각해본 적이 있었을까?
아마도 내 속엔~ 내가 너무 많은 것 같아. ^^
지난봄의 희망을 떠올려보아도 그 설렘이 기억나지 않고
지난여름의 내달리던 열정도 찬 바람과 함께 날아가 버렸다.
작은 저수지를 메워버린 노랑, 빨강 나뭇잎들은 내 가슴을 뻥 뚫어놓은
것만 같다.

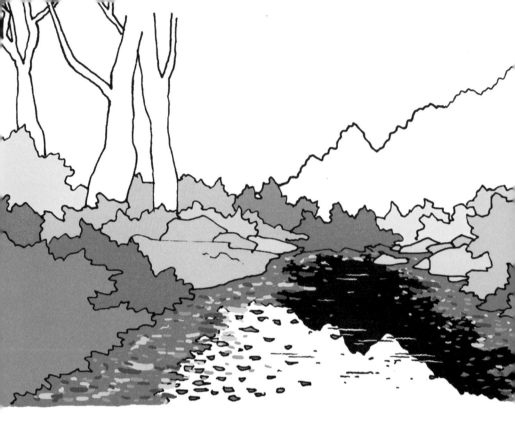

두 번의 가을이 있다고 생각한다.

단풍의 가을과 낙엽의 가을.

지독한 가을에는 지독하게 외롭겠다.

쓸쓸한 곳으로 걸어가리.

틀림없는 사실은 사그라짐이 있어야 다시 피어난다는 것.

다시 찾아올 새로움과 기쁨을 위해 필요한 역사
이었기를….

07 시골길

집과 가까운 시골길을 달리는데 라디오에서
양희은의 〈인생의 선물〉이란 노래가 흘러나왔다.
문득 차를 멈추었다.
바람이 불고, 땅거미가 젖어들고 있었다.
"만약에 누군가가 내게 다시 세월을 돌려준다 하더라도
웃으면서 조용하게 싫다고 말을 할 테야 (…) 나이 든 지금이 더 좋아."

나이 먹는다는 것, 막을 수도 없는 일인데
나이 먹어도 괜찮다고 인생의 선배가 말해주는 것 같아 고마웠다.
바람 불던 날, 땅거미 내려앉던 저녁에
내 집과 가까운 시골길에도 감사의 말을 전하며.

08 / 그런 어른 되기 싫어

TV뉴스 보며 화내는 아버지가 무서웠다(가족들은 눈치를 보았다).
괜히 여럿이 장기 두는 곳에 가서 시비 걸고 싸우는 친구의 아버지가 무
서웠다.
저녁 나절 가게 앞 평상에서 술에 취해 넋두리하는 낯익은 아저씨도 무
서웠다.
그런 어른이 되고 싶지 않았다.
나중에 보니 모두 이유가 있더군.
자세히 들어보니 저마다 사연을 간직해 납득이 되더군.
그들의 이야기를 이제 와 다시 떠올려보니
누가 알아주었으면 하는 말이었더군.

그래도 화내고, 시비 걸고, 넋두리하는 어른은 되고 싶지 않았지.
좀 더 품위 있고 세련된 멋진 어른이 되고 싶었지.
이제 곧 내가 그려보았던 어른의 나이를 앞두고

거울 속 나를 들여다보니
나도 역시 그러고 있다.
문 열고 밖으로 나가 외치기를 망설인 나머지
컴퓨터 모니터에, 스마트폰 작은 글자판을 들여다보며 그런다.
화내고, 시비 걸고, 넋두리하고 있다.
그런 나를 누가 알아주었으면 좋겠다.
(가족, 장기 두는 이웃들, 가게 주인 대신
생전 처음 알게 된 사람들에게도
하루 종일 그럴 수 있는 편리한 세상이기에.)

그런 어른 되기 싫었는데.

09 / 젖은 낙엽

노랑, 빨강 잎들이 떨어지더니 비가 왔다.

오랜 일을 마무리한 동료는 맘먹은 여행을 떠나며

하필 비가 온다고 잠시 투정했다가

사실은 비를 좋아한다며 마음을 달랬다.

이 가을의 젖은 낙엽은 아름다울 거니까.

어머니들은 바깥일이 뜸해진 아버지들을 보고

젖은 낙엽이라고 놀린다.

"예쁘지도 않은 게 붙어서 떨어지질 않아.

남편 밥 차려주느라 친구들이랑 놀질 못하잖아."

어머니들은 투덜대며 깔깔댔다.

나이 듦을 달래는 농담이라 여긴다.

그래도 이 가을의 젖은 낙엽은 아름답잖아요.

나이 들어 '젖은 낙엽'이 안 되려면 어찌해야 하나?

차창에 붙어 안 떨어지는 잎을 보며 생각한다.
고령화 문제, 인구 문제, 복지 문제… 힘든 문제!

아… 아름답길 바랄 뿐.

〈TV손자병법〉

만화《메이드 인 경상도》를 출간한 후 좀 바빴다. 책을 알리고자 이리저리 돌아다녔더랬다. 거의 두 달 만에 대구 아버지 집에 갔다. 이 만화에는 아버지의 패기 넘치던 젊은 시절이 담겨 있어 먼저 동생을 통해 아버지에게 책을 전달했었다. 책에는 아버지가 혈기 왕성한 시절 사람 '패던' 에피소드가 많다. 사실 수없이 많은 사람이 아버지의 주먹에 나가떨어졌고 만화에는 십 분의 일도 담지 못했다. 내가 아버지의 과거 폭력을 고발한 것처럼 보이지만 아버지는 자랑스러워한다. 비로소 자신의 '주먹'만을 믿던 아버지의 철학을 세상에 내보인 듯 뿌듯해한다. 다음 만화에는 진정 '노름'을 사랑하여, 패기만만한 시절 맨주먹으로 이룬 부를 불과 몇 년 만에 탕진한 후 고통과 불면의 밤을 보내다 꿈속에서 산신령을 만나고 천주교에 귀의하는 당신의 다이내믹한 인생 후반부를 반영해주길 기대하고 있다, 아버지는.

아버지는 대부분의 역사를 드라마를 통해 익히는데 대구 집에서 같이 소주를 한잔하다 보면 꼭 묻는다.

"고구려의 시조가 누구냐?"

나는 대답한다.

"거… 거, 누구더라? 송종국이, 아니 송일국이! 세쌍둥이 아빠!"

"주몽 아이가, 인마! 그럼 후고구려의 시조는 누고?"

"김영철! 애꾸눈! 넌 나에게 '목욕감'을 줬어."

"허허허! 그라마 후백제의 시조는?"

"아, 그 사람 이름 뭐더라? 〈TV손자병법〉에 유비 아저씨!"

옆에 있던 동생은 이미 스마트폰으로 검색했다.

"서인석! 이 아저씨 요새 뭐하노? 안 보이데. 나는 이 사람 인상 좋더라.
옛날부터."

"나는 〈암행어사〉 이정길 아저씨가 인상 좋더라. 옛날부터."

그러자 아버지가 덧붙인다.

"임현식이 갑봉이 역할 했다 아이가?"

이렇게 "하하하!" "하하하!" … "하하하!"

사실 나는 다 알고 있지만 일부러 그러는 거다. 아버지와 아무 얘기나
자꾸 하는 게 좋다. 아니다. 사실은 모른다. 그래서 아버지가 물을 때마
다 송일국, 김영철, 〈TV손자병법〉이라고 대답한다. 그러면 아버지는 좋
아하며 정답을 얘기한다. 그래서 앞으로도 모를 거다. 드라마도 안 볼
거다. 아는 게 중요한가? 행복한 게 중요하지.

11 / 예의

언제였던가? 어디에서 보았던가? 누구한테 들었던가? 기억나지 않지만 괜찮은 방법이라며 동의했던 적이 있다. 부모나 아이를 대하는 방법에 관한 이야기. 간단하다. 나의 부모를 옆집 아저씨, 아주머니라고 생각하고 대하는 것이다. 나의 아이를 남의 집 아이라고 생각하고 대하는 것이다. (물론 쉬운 일이 아니지만.)

우리는 보통 남의 부모나 아이에게 예의를 갖춘다. 자신의 부모나 아이에게도 똑같이 예의를 갖출 필요가 있다는 뜻이다. 좀 더 확장하자면 가까운 사이일수록 예의를 잊지 말자는 얘기겠다. 때론 예의를 종이처럼 구겨서 집어던지자고 서로 친해지려는 것일까 싶을 때가 있다. 좀 더 가까워질수록, 가까운 사이이기 때문에 소중히 대할 필요가 있다. 실제로 그렇게 해보면 많은 갈등이나 불화가 해결된다. 진짜 그렇다. (물론 "나는 남의 부모님이나 아이에게도 예의를 갖추지 않는데요?"라는 사람은 예외다.)

예전에 장인어른이 그저 흘려 했던 말씀이 재밌었다. 부모도 늙으면 들었던 말도 잊어먹고 두 번 세 번 설명해야 하는데, 부모한테 설명할 땐

"도대체 몇 번을 설명해드렸냐고" 빽빽 소리를 지르면서 말하고는 아이에게는 열 번을 설명하면서도 "이랬쪄~ 저랬쪄~" 한다는 것이다. 뻔한 이야기 같지만 신중히 고려할 필요가 있다. (물론 "나는 내 아이에게도 이랬쪄~ 저랬쪄~ 안 하는데요?"라는 사람도 예외다. 이럴 때 예외조항으로 브레이크 좀 걸지 마시길.^^)

나는 오늘도 삼성이 야구 졌다고 이제는 무슨 낙으로 TV 보냐며 삐쳐 있는 우리 아버지와 "제발 좀, 나는 코끼리가 아니라고요"라고 스무 번을 말씀드렸는데도 밥을 산더미같이 쌓아 퍼주는 우리 어머니를 내 친구의 아버지와 어머니라고 생각하며 가까스로 화내지 않는 데 성공하고는 집으로 돌아갈 준비를 하고 있다. (화나기 전에 어서 출발하자!)

추신. 이 글을 읽은 아내 왈,
"남의 집 애 둘이 자꾸 나보고 엄마라며 칭얼대는데 좀 화나려고 한다."

12 / 흔한 일요일, 흔한 아이들

나는 애 키우며 "내가 너희 보는 맛에 산다"라는 말 안 하고 싶었고

이 말 안 할 만큼 '나의' 삶을 '신나게' 꾸리련다 다짐했는데

너희 보는 맛이 '요로콤' 달콤할 줄 솔직히 이전엔 몰랐네.

그러나 난 다짐하건대 모든 애를 다 써서 너희에게 '할 만큼'만 할 거네.

너희는 지금 나에게 줄 것을 다 주고 있네.

너희들 기꺼이 떠날 만큼만 난 애쓸 거네.

그러려면 말이야. 나의 삶을 무너뜨리지 않아야 하거든.

이담에 너희 맘 편히 떠나게.^^

아이씨, 눈물 나려 그러네.

(바쁜데 생각 많아 큰일이야!)

13 / 행운

이 시간(pm 11:15)에 내일 아침 애들 마실
우유를 사오라니! 당연히 사와야지.
가는 김에 음식물 쓰레기도 버릴 수 있고
분리수거도 할 수 있으니 이 얼마나 행운인가!
안 그랬으면 또 깜빡할 뻔했지 뭐야?

현장에 나가면 나처럼 이 시간에 집안 쓰레기를 처리하고
생필품을 구입하는 아빠들을 흔치 않게 만나게 되지만
(오늘 또 만났지만)
서로 아는 척하지 않는다.
나온 김에 담배나 한 대 꼬나물고
강한 척할 뿐이다.
들어가면 자기 아내, 아이들
어지간히 아낄 거면서… 치!^^

14 / 맴맴맴

아이가 TV나 스마트폰에서 재미있는 것을 열심히 보고 있을 때
너무 오래 봤다고 TV를 끄거나 스마트폰을 뺏으면 애는 운다.
애가 우는 이유는 상대방의 멱살을 잡고 따지거나 '싸다구'를 날리거나
절교 선언을 할 수 없는 자신의 위치 때문이다.
아이에게는 우는 방법밖에 없다.
(다른 기능을 익힌 아이들은 화나 짜증을 낼 수 있겠지만 당연히 정당하다.)

그러할 수 있는 어른은 상대방이 아무런 설명 없이
유심히 보고 있는 TV를 끄거나 넋이 팔려 있는 스마트폰을 뺏는다면
기꺼이 멱살 잡고 따지거나 싸다구를 날리거나 절교 선언을 할 것이다.
그러므로 아무 설명을 하지 않은 어른이 사과해야 한다.

…라고 말했더니
"너희 남자들이 애 키워봐라. 그런 소리 나오나!"

…라는 말을 듣고 나는 머릿속이 '똥꿀래'가 되어 맴맴맴….
나도 애 키우는데… 50프로 육아 분담인데….

15 / 개미송

아이들을 키우면서 동요를 부르다 알게 된 사실은
같은 멜로디에 다른 가사인 노래가 몇몇 있다는 것이다.
어디서 찾아보고 알게 된 것이 아니라
애들과 노래를 하다 알아낸 것이라 뿌듯하고 내게 의미가 있다.
예를 들어 〈반짝반짝 작은 별〉과 〈달팽이 집을 지읍시다〉와 〈ABC 노래〉는 같은 멜로디의 다른 노래이다.
한번 불러보시라.

며칠 전에는 세수를 하며 흥얼거리다 또 다른
같은 멜로디의 다른 노래를 발견했다.
스스로 발견했기에 무척 자랑스러워 식구들에게 자랑했다.
〈도깨비 나라〉와 〈고추 먹고 맴맴〉이다.
한번 불러보시라.

또한 서글픈 동요들은 따져보면 8분의 6박자다.

〈오빠 생각〉, 〈푸른 하늘 은하수〉, 〈섬 집 아기〉, 〈과수원 길〉, 〈가을바람〉, 〈병원놀이〉 등등이 그렇다.

특히 〈병원놀이〉는 어릴 적에 듣고서 너무 서글퍼 울었던 기억이 난다.

가사를 음미해보시라. "여보세요, 여보세요, 배가 아파요…."

아무튼 아이에게 불러주다 스스로 알게 되었기에 더 보람차다.

매일 아침 유치원 등교 준비를 할 때는

만화 〈짱구는 못 말려〉를 틀어두기도 하는데

주제가 〈개미송〉을 듣고 있자면 괜스레 숙연해진다.

매번 멍하니 생각에 잠겼다가 "아차, 늦겠다!" 하며 고개를 흔든다.

단순한 가사이지만, 아 마음이 편치 않은 노래다.

아이들이 이 노래의 무게를 이해하길 바라면서도

한편으로 이해하지 않게 되길 바라기도 한다.

개미송을 흥얼거리다 보면 이 세상은 넓고 나는 소박해진다.

〈개미송〉

개미는 오늘도 열심히 일을 하네

개미는 언제나 열심히 일을 하네

개미는 아무 말도 하지 않지만 땀을 뻘뻘 흘리면서

매일매일의 살길 위해서 열심히 일하네

한 치 앞도 모르는 험한 이 세상

개미도 베짱이도 알 수 없지만
그렇지만 오늘도 행복하다네
개미는 오늘도 열심히 일을 하네
개미는 언제나 열심히 일을 하네

16 / 자유와 조화

"혼자 있을 때는 자유를
함께 있을 때는 조화를 추구하는 거래."
어느 책에서 읽었다는 아내의 말에
"당연하지!" 외쳤다가 잠시 멈추어 섰다.
거꾸로 하면 어떤가?
혼자 있을 때 조화를 함께 있을 때 자유를 추구한다면?
혼자 있을 때 조화를 나눌 사람 그리워하다 외로웠고
함께 있을 때 나만의 자유를 요구하다 갈등하지 않았던가?
그래서 우울하고, 그래서 화나지 않았던가?

그러했던 지난날들을 떠올리던 중에
아내가 갑자기 스파게티 가게로 발길을 돌렸다.
"이것 봐, 설렁탕 먹기로 했잖아!"
"이것 봐, 함께 있을 때는 조화를!"

(나는 크림소스, 당신은 토마토소스의 자유겠지.^^)

두고 보자, 혼자 있을 때 설렁탕의 자유를 누릴 테다!

(소주 반주 두어 잔은 당연히 조화롭겠지.^^)

"스파게티는 종류가 많군."

"저마다 훌륭하다고."

"이다음엔 설렁탕으로 통합하자!"

"에헤이! 그 집 국물 가짜래."

"……."

17 안 싸우는 명절

더위가 가시고 찬 바람이 좀 더 불기 시작하면
긴팔 티셔츠의 소매가 손목을 덮던 포근한 어린 기억이 떠오른다.
그때는 이 설렘이 전부였다.
곧 화약놀이도 하고 친구들이 제기차기하자고 그러겠지….

계절의 변화를 느끼는 여유를 사치라고 생각하지도 않았고
다가올 추석을 '귀찮은 친척들+선물세트+명절 스트레스'와 함께 기다
리지도 않았고
"가만… 총선이 몇 개월 남았지? 대선도 얼마 남지 않았군!"이라며 소중
한 현재를 흘려보내지도 않았고
"올해가 절반도 안 남았구나", "금세 겨울 오겠지", "그럼 또 나이 먹겠
지!"라며 짧은 가을을 낭비하지도 않았다.

어릴 때는 설렘이 전부였다.

어른이 되니 명절이 부담스럽다.

우선 안 싸우고 싶다.

우리가 싸우는 대부분의 이유는

상대방이 나와 똑같이 생각하길 바라는 마음 때문일 거다.

아마 나도 생각이 같기를 요구받는다면 그것을 폭력이라 여길 테지.

그러므로 나도 폭력적이면 안 되겠지.

모처럼 여름 아닌 가을 같은 추석을 기대해보며

쿨하게 안 싸우는 명절을 위하여, 지화자!

18 / 노릇

휴, Fucking 대한민국 명절 연휴가 끝났다.

10대, 20대 때에는 도대체 명절을 좋아하는 사람이 있기는 한가

왜 이것을 이토록 반복하나 싶었고, 나는 그냥 '나'이고 싶었다.

그러나 나는 '나'가 아니고

장남에 오빠에 남편에 아빠에 사위에 매형에 형부인 데다가

조카에 사촌에 이모부에 외삼촌에 큰처남에 사돈 큰아들이기도 했다.

처음부터 끝까지 모든 노릇을 하나도 빠짐없이 다 한다.

이런 날들에만.^^ 나머지는 나로 돌아가면 그만이다.

그래서 지독하게 나로 돌아간다.

분명 Fucking 대한민국 명절 문화는 점점 더 개선되어야 한다.

다만 그렇게 살아온 어른들에게 희생을 요구하기란 어려운 일이다.

"나는 그렇게 못 해요!"라고 말하지 못한다.

모든 것이 그러하듯, 다음 세대에게

"너희는 그럴 필요가 없다"라고 말할 수 있을 뿐이다.

그렇게 말할 수 있을까?
그렇게 말할 수 없다면?

장남   오빠   남편   이모부

외삼촌   아빠   사위   매형

형부   큰처남   나   김수박

19 / 거짓말

때론 거짓말이 필요하다. 아니, 거짓말해야 한다.

배가 좀 나왔다고 "이젠 더 이상 멋지지 않아"라고 말할 것까진 없잖아.

우리가 오래된 사이라고 "아무래도 이제 사랑은 없는 것 같아"라는 솔직함은 무서워.

누구나 미래는 두려운 법인데 "너를 행복하게 해줄지는 그때 가서 보자"라는 신중함은 섭섭해.

우리는 언젠가 헤어지지만 "그전까지만 널 지켜줄 수 있어"라는 진실의 말은 정말 멋없어.

어느 날 아내에게 한 가지 부탁을 했다.

"이다음에 우리 늙으면 말이야, 진실을 말하지 말아줘."

"이것 봐, 우리는 늙었고 아무것도 남지 않았어"라고 말하지 말아달라고.

"당신, 멋지게 잘 살았어"라고 거짓말해달라고.

나는 이렇게 말할 것이다.

"당신도 멋졌어. 그리고 지금이 제일 예뻐."
매일같이 아이에게 거짓말한다.
"영원히 너를 지켜줄게."
아이는 그런지도 모르고 거짓말한다.
"영원히 엄마, 아빠랑 살 거야."
그래, 그딴 진실이 뭐가 중요하다고.
또다시 예쁘게 지는 낙엽을 보면서.
그래, 우리는 영원할 거야.

20 / 이게 사는 건가

사람들이 어떤 말을 하고는 "이게 사는 건가"를 붙이던데 그게 재밌어서 나도 해보았다.

나는 오전이면 아내와 아점을 먹으며 인간과 세상에 관한 이야기를 두 시간 정도 나눈다. 이게 사는 건가.

일요일이면 아내는 열무김치 국물에 국수를 말아주기도 한다. 〈서프라이즈〉나 〈전국노래자랑〉을 보며 먹는다. 이게 사는 건가.

밤이 되면 아이들을 재우고 아내와 오늘 겪은 일들과 그에 따른 감상을 한 시간 정도 나누고 잠든다. 이게 사는 건가.

출장을 다녀오는 길이면 아내는 들어오는 길에 문방구에서 아이 선물 아무거나 사오라고 전화로 귀띔해주곤 한다. 이게 사는 건가.

일주일에 한두 번은 아내와 어린이놀이터가 있는 이바돔 감자탕에서 외식하기도 한다. 아내는 뼈다귀 해장국을 무척 좋아하는 여자다. 이게 사는 건가.

첫째가 잠들고 나면 잠투정이 심한 둘째를 재우기 위해 유모차에 싣고

아내와 동네 산책을 한다. 가을 공기가 느껴지는 요즘이다. 이게 사는 건가.

아내는 요즘 법륜스님의 즉문즉설을 밤낮으로 듣는데 깨달음의 경지에 이르고 있다. 이게 사는 건가.

아내와 이따금 시국토론을 하기도 한다. 이게 사는 건가.

내가 소주를 먹을 때 아내는 아주 가끔 두 잔 정도를 같이 먹어주는데 술주정이 재미있는 여자다. 이게 사는 건가.

가끔 나의 일이 너무 바쁠 때 아내는 아이들을 데리고 처갓집에 이틀 정도 다녀온다. 그때 나는 새벽 두 시까지 일하고 돼지국밥에 소주 반주를 하고는 영화 한 편 보고 잔다. 이게 사는 거다.

21 / 기다림

더위가 가시고 찬 바람이 조금씩 불기 시작하면
찾아온다는 사람도 없는데 기다려진다.
무작정 무언지도 모르는 무언가를
라임도 맞춰보면서 기다리고 싶다.
보고 싶고 만나고 싶으면 찾아 나서면 되지만
찬 바람이 조금 불 때는 바람 맞으며 기다리고 싶다.
그래서 아무도 오지 않으면 '바람 맞은' 셈인가?^^
요즘처럼 맞기 좋은 바람이라면 그것도 좋다.

기다림은, 그저 받아들이는 것보다 주체적이다.
그래서 찾아오는 것이 어떠하든
'기다렸다는 듯' 웃을 수 있다.
기다림은 설레는 마음이다.
나를 위해 오는 것이 아니래도

(당신을 위해 켜놓은 이 촛불을 아직 못 보셨나요?)
그것이 아픔이래도
설렌다.

바람이 더 차가워진다면
이 벤치에 좀 더 자주 앉아 있을 것 같다.
오늘도 찾아오지 않았지만, 아무도….
오는 이가 꼭 사람이어야 하나 뭐?
울렁울렁 우울한 가을 타기도, 쓸쓸함도
기다렸다는 듯 설레며
만나야지.

불안한 청춘의 시작

전역 후 1997년, 아르바이트를 하며 IMF라는 단어를 만났다. 나의 주유소 일자리가 없어진 건 아니라서 도통 실감하지 못하고 있던 차에 먼저 졸업해 취업했던 92학번 여자 선배가 '잘린' 기념으로 술 한잔 사겠다고 했다. 선배로서 권위를 잃어본 적 없던 그녀는 후배 앞에서 울기 시작했다. 무엇보다 구조조정, 인수합병 과정에서 막내인 자기 혼자 쫓겨난 게 서럽다고 했다. 자기 자리를 유지하게 된 남은 자들이 보내는 위로의 눈빛을, 그리고 애써 숨겼지만 감출 수 없던 안도의 눈빛을 죽을 때까지 잊을 수 없을 것 같다고 말했다. 92학번 여자 선배는 그 후 재취업에 도전했지만 매번 실패하다 결국 20년 가까이 지난 지금까지 아버지의 가내 사업을 돕고 있다. 그리고 미혼이다.

98년에 복학하고 나니 학교 안팎 분위기가 조금 과장하자면 쑥

FESTIVAL II

대밭이었다. 사업이 망하거나 실직한 부모님이 많아진 터라 학생들은 더 이상 학비 지원을 받을 수 없어 조바심을 냈다. 과대표가 봄 MT나 페스티벌 이야기를 꺼내면 과격한 욕을 듣기 일쑤였다. 많은 학과에서 축하 행사나 졸업 여행이 사라졌다. 98학번인 내 아내는 (내가 그렇게 재미있어 하던) 페스티벌이란 행사를 경험하지 못했다. 내가 파트너가 되어줄 수도 있었을 텐데 말이다. 건축공학을 전공했던 나와 선후배들은 염두에 두고 있던 건설업체의 줄도산을 넋이 나간 채 지켜보았다. 당장은 사회로 나가면 위험하다는 얘기가 오갔다. 졸업을 늦추려 1년 단위로 휴학하는 친구가 많았다. 나도 그랬다. 휴학 중에 여러 자격증을 취득하던 우리는 경기 침체가 단시간에 회복되지 않으리라는 것을 실감하기 시작했다. 스펙이란 단어는 아직 등장하지 않았던 때이지만, 누군가는 이전까지는 언급되지 않았던 토익을 준비하기 시작했고, 누군가는 어학연수를 떠나기도 했다. 어렵게 취업한 친구들도 1년을 버티지 못하고 스스로 회사를 그만두었다. 하나둘씩 다른 길을 찾아 나서기 시작하더니, 졸업을 앞두고 있을 시점에는 대부분이 전공을 살려 취업하겠다는 생각을 버렸다. 많은 졸업생이 불참하여 졸업식 분위기는 썰렁했다. 그래도 축하해야 할 자리라며 가족과 함께 참석한 친구들의 얼굴빛은 회색이었다. 대부분 이미 다른 준비를 하고 있었다.

공사나 공무원 시험을 준비하는 친구가 제일 많았고, '당분간'이라는 단서를 달긴 했지만 학원 강사를 하겠다는 친구도 꽤 있었다. 정부의 IT산업 육성 정책의 일환으로 IT교육을 무료로 받을 수 있다는 소문이 돌았다. 나는 학원에서 돈도 안 받고 무언가를 가르쳐주겠다고 나서는 데에는 뭔가 원하는 속내가 있을 거라고 말했다. 그런데 도리어 교육을 받으면 학원에서 식사비도 주고 IT업체로 취업 알선도 해준다고 했다. 컴퓨터 조립에 관심을 쏟고 게임을 좋아하던 많은 친구와 후배가 그쪽으로 몰려갔다. 사실 우리는 '직업교육'이라는 개념에 대한 이해가 없었다. 이 교육을 받은 후 취업한 친구와 후배들은 회사가 망하거나 자신이 실직하는 경우 다시 취업하기 전까지 '실업급여'를 받기도 했는데, 이 제도에 대한 이해 역시 없었다. 실업급여를 받는 날은 한턱 쏘는 날이었다. 비교적 취업하기 쉽다는 곳은 영업직이었다. 아버지의 실직으로 당장 돈벌이가 급한 동네 친구는 대학 졸업과 동시에 판매왕의 꿈을 품고 외국계 보험회사에 들어갔다. 사회 분위기가 이러하니 학교 신문에 시사만화를 그리던 경험을 살려 만화가의 길을 가겠다는 나의 뜻을 아버지는 말리지 않았다. 지방에서 문화산업에 종사하겠다는 말을 진지하게 여길 사람은 없을 것이다. 나는 무작정 서울에 올라갔고 이미 가뭄이 오래 든 집안 형편상 더 이상의 지원도 부탁할 수 없었다. 서울 간다는 아들에게 아버지가 건넨 가르침은 "어려워도 빚지지 마라"였다.

정치에 관심 없다고 소문난 X세대다. 정치에 관심을 가져야 한다는 말에 반대할 생각은 없으나 나는 느낀다. 자기 밥벌이가 시원치 않은 상태에서는 정치 참여를 사치로 여기는 심리가 분명히 있다. 현재가 힘들고 불안하므로 더욱 정치에 관심을 가져야 하지 않겠느냐는 질문을 받으면 그 말 자체가 무척 야속하게 들리기도 한다. 억하심정이 솟구친다. '그래도 너희는 직업이 있잖아?' 나와 비슷한 세대는 당시 그 불안의 한가운데에 있었다.

그러나 노무현은 신선했다. 나는 그에게서 서태지가 주었던 설렘을 느꼈다. 우리나라 오랜 역사 속 나타났다 사라진 많은 지도자들과 노무현은 달라 보였다. 그는 우리와 가까운 사람 같아 보였다. 독한 감기가 걸린 몸으로 나라도 한 표 보태자고 집을 나서 투표장으로 걸어갔던 기억이 난다. 서태지가 만든 노래 〈교실이데아〉 중에 "왜 바꾸지 않고 남이 바꾸길 바라고만 있을까"라는 가사가 또한 지령처럼 머릿속에 맴돌았다. 나는 노무현을 '팬심Fan心'으로 선

택했음을 인정한다. 나중에 나와 친구들은 지난 과거와 달리 2002
년 대선에 모두 참여했다는 것을 확인했다. 사전에 서로 대화하지
않았지만 투표 성향이 같았다는 것도 뒤에 알게 되었다. 그러나 우

리는 그가 우리의 문제를 해결해줄 거라고 생각하지는 않았다. 우
리는 자기의 일은 스스로 알아서 하는 것이라 알고 있다.

'개인주의자' 들이니까.

겨

울

01 / 창고

"추운 겨울이 다 가기 전에 마음껏 즐기자."
겨울의 막바지, 사촌 형을 따라간 농기구 창고에서는
돈 한 푼 안 들여도 놀이기구가 뚝딱 탄생했다.
자치기도 제기차기도 나무팽이도⋯ 그중 최고는 썰매.

썰매 날은 녹슨 식칼도 좋고 두꺼운 철사 줄도 좋다.
아무것도 없으면 스스로 만들어 놀던 어린 시절.
창조적인 어린 시절.

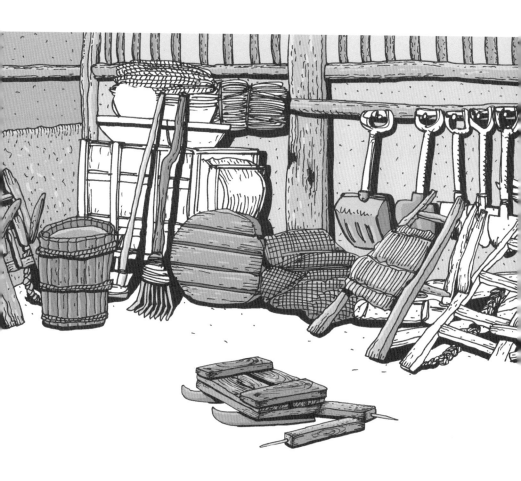

02 / 상처

잊히지 않는 기억이 있다.

같은 반 친구 하나가 57명의 교실을 지배했다. (선생님이 아닌데.)

한 친구를 괴롭힘으로써 그에게 저항할 수 없다는 신호를 보냈다.

55명은 그 신호로부터 고개를 돌렸다.

심지어 아무 일도 없다는 듯 공부했다.

나도 그랬다.

우리 모두는 그 일을 기억할 것이다.

괴롭힌 친구가 기억할 것이고, 괴롭힘당한 친구가 기억할 것이고

고개 돌린 우리도 빠짐없이 기억할 것이다.

지금의 학생들에게 빌고 싶다.

이런 종류의 기억을 갖지 말라고.

탄압의, 굴복의, 외면의 기억을.

또 한 가지, 나 혼자는 두려웠어도 모두가 목소리를 내었다면

우리 모두는 이런 상처를 갖지 않았을 것이다.

03 / 깔깔과 낄낄

깔깔과 낄낄의 차이가 크다.

깔깔은 책임지는 웃음이다.

낄낄은 책임지지 않는 웃음이다.

가면 속의 웃음이거나 들키고 싶지 않은 웃음.

항상 책임질 필요는 없다.

다만 낄낄대고 있다면 앞에 나서지 말고 뒤에 가서 줄 서는 게 좋다.

책임질 차례가 올 때까지.

04 / 관성

예전에 학습만화를 의뢰받다 보면
그쪽에서는 캐릭터 중 하나를 뚱뚱이로
다른 하나를 안경잡이로 요구하곤 했다.
그리고 꼭 이런 대사가 있었다.
"또 먹니, 쯧쯧쯧."
관성에 의한 것인 줄 알지만
이 태도가 얼마나 위험한지 그들은 왜 모르는가?
게다가 혀는 왜 차는 것인가?

05 한 사람

한 사람 사람마다 모두 다면적이라고 생각한다.
한 사람이 중요한 일도 하고 게임에 몰두하기도 하고
깊은 책을 보기도 하고 가십을 찾으며 낄낄댈 수도 있다.
또 외롭다가도 사람이 귀찮아질 수도 있다.

'원래 그런 사람'이란 판단은 뒤틀림을 낳는 시작이다.

06 / 창문

서울의 멋진 경치다.
저 수많은 창문 중 단 하나도
내 것이 될 수 없다고 결론 내린 지 오래다.
당연한 일일까?
나는 뭐가 모자라서 저 많은 창문 중 하나를
가질 자격을 처음부터 얻지 못했나?
나는 내가 그림을 그리고 글을 써서 마음을 전달하는 일이나
내 아내가 아이들을 가르치는 일의 가치가
땅의 가치보다 낮다고 생각하지 않는다.
아버지가 흙먼지를 마시며 가족을 부양하는 일이나
어머니가 가정을 꾸리는 일의 가치도
땅의 가치보다 낮다고 생각하지 않는다.
농사짓는 일도, 사람에게 필요한 물건을 생산하는 일도
물건을 파는 일도, 노래를 부르는 일도

서비스를 제공하는 일도, 공익 근무도
사람이 하는 모든 일도, 그리고 사람도….
사람이 땅의 가치보다 높다고 생각한다.
그러나 그중 제일 비싼 것은 땅이다.

자수성가라는 말을 믿고 자랐다.
만약 내가 저 창문 두 칸을 꿈꾼 적이 있다면
자수성가란 도구로 가능했을까?
이런 방식으로 가능하다고 생각한다면 그건 미신이다.
믿을 게 못 된다, 자수성가는.
우리나라는 그렇게 되었다.

07 / 불안한 자유

경쟁교육을 받고 자랐고, 이겨야 산다고 배웠다.
뒤처지면 불안하고 낙오될까 벌벌 떤다.
뼈와 근육에 '새겨져' 있는 것 같다.

이제는 그러면 안 된다고 말한다.
아이들을 그렇게 가르치면 안 될 것이다.
다 같이 잘 살아가자고 말해줘야 할 것이다.
그러나 새겨진 그것이 없어지질 않는다.
'아니야, 난 천천히 가도 괜찮아.'
'아니, 거꾸로 가도 괜찮아. 난 자유로울 거야'라고
말하면서도 마음속 다그침에 밤잠을 설친다.
애초에 알고 있었는지 모르겠다.
새겨진 그것이 사라지지 않으리란 것.
사람들을 떠나 혼자 있을 땐 자유롭지만 불안하다.

불안한 자유도 자유라고 말할 수 있을까?

이따금 술을 마신다.

술은 불안한 자유 속에서 불안을 잊게 한다. (오늘밤까지만.)

결론: 소주 값 올리기만 해봐, 아주 그냥!^^

08 / 오일장

틀림없는 사실은 대형마트에 없는 것이 이곳에 많다는 것.
찐 옥수수, 옛날 도넛과 과자, 빈대떡, 국화빵
할머니가 직접 썰어 담아주시는 칼국수면….
"그래도 이거 해가꼬 자식들 대학 공부시키고
시집 장가 다 보냈지. 집에 가만히 있으면 뭐하노.
나는 나와서 일하는 기 좋다카이."

생존의 역사를 뚫고 살아온 사람들.
공부만 하라고 하셨지. 정말 공부만 하면 되는 줄 알았지.
집안 사정, 식구 생각 좀 덜해도 공부만 잘하면
다 용서되는 줄 알았지. 그래서 나는 한편으론 약골이 된 것 같아.
여태 사는 게 힘들다고, 세상이 생각 같지 않다고
투정부리고 싶은….

09 / 기찻길

기차를 타고 가면 도시의 뒷면을 더 많이 본다.
금이 간 벽, 그 금을 메운 흔적들.
페인트가 벗겨지고, 물때 가득하고
낡았고, 더 허름하고….
오래된 창고 같은 건물도 많이 보인다.
사람들에게 보이지 않아서일까
긴 시간 동안 새롭게 단장하지 않는다.

사람들이 마주하는 도시의 앞면은
화려한 간판과 반짝이는 네온사인으로 뒤덮여 있다.
눈에 더 잘 띄도록 새롭게, 더 새롭게… 끝없이 경쟁한다.
드러나진 않지만 그렇다고 도시의 뒷면이 없는 것은 아니다.
기차 여행은 항상 쓸쓸한 감정을 불러일으킨다.
사회의 뒷면도 이처럼 외면받을까?

10 / 철거촌

재개발을 앞둔 철거촌을 한 번쯤 걸어보았는지….
군데군데 붉은색 가위표는 부술 집을 뜻하는가 보다.
떠날 수 없어 버티는 사람들의 주장도 걸려 있다.
예전부터 궁금했다. 흔치 않게 보게 되는 저 해골 그림은 뭔지.
걷는 사람들에게 겁을 주는 그림이다.
더럽고 치사해서 떠나게 만들려는 수많은 수단 중 하나이다.
법과 현실 사이에 공백이 있다는 뜻이다.
그 공백에서 협박과 폭력이 발생하고 있다는 뜻이다.
21세기에도 상상치 못할 야만스러운 일들이 벌어지고 있다는 뜻이다.

우리와 멀지 않은 저 건너편 동네에서.

11 / 골목

깡그리 부수고 새로운 곳이 되어버린다면
저 골목 따라 남겨진 내 노곤한 귀갓길의 추억은 어떡하나?
문득 어느 날 갑자기 사라질까 두려워
눈에, 마음에 새겨본다.
이제는 지나온 시간을 귀하게 여기고
기꺼이 담아내는 새로움도 고려할 만하지 않은가.
그 아련한 기억을 우리 모두 가지고 있잖아.

12 / 또 하나의 오늘

영화 〈또 하나의 약속〉의 실제 인물 황유미 씨가
기숙사에서 쓴 일기에는 가족을 향한 소박한 마음이 담겨 있다.
만화 속 글씨는 그녀의 것이다.

"엄마가 대학 가라고 했는데 끝까지 우겨서
이 회사 왔는데 지금 퇴사하면
엄마한테 미안해서 퇴사 못 하겠다.
슬픈 책이라도 읽고서 아주 펑펑 울고 싶다.
나도 친구들처럼 대학가고 싶다."

이 가족은 평범했다.
황유미 씨는 2005년 반도체 공장에서 백혈병을 얻었다.
2007년 3월 6일은 그녀의 아버지 황상기 씨가
자신이 운전하던 택시 뒷자리에서 딸을 떠나보낸 날이다.

13 / 눈빛

독일 동화 《핵폭발 뒤 최후의 아이들》에서
한 아이는 선생님에게 "당신은 살인자야!"라고 외친다.
물론 그 선생님이 핵폭탄을 만들지는 않았을 것이다.

아이들은 부모 세대에게 묻는다.

"평화를 위해 무엇을 했죠?"

이미 어른만큼 생각할 줄 아는 학생들이 나의 대답을 기다렸다.

미안하다는 말로는 너무 많이 부족할 것 같았다.

"당신들의 원망과 분노를 간직해주세요.

우리 어른들이 좋은 세상 만들어서 물려주는지

그 진지한 눈으로 바라봐주세요. 그렇게 하겠습니다."

저 학생들이 어른들을 지켜보고 있다.

14 / 좁은 길

1984년에 개통한 88고속도로는 대구와 광주를 잇는다.
시간 여유가 있다면 이 왕복 2차선 고속도로를
한 번쯤 이용해보라고 권하고 싶다.
거짓말 아니라 무슨 고속도로가 가는 길 1차선
오는 길 1차선으로 되어 있다(솔직히 일반 국도 같다).
느린 차 한 대가 앞을 막으면 추월할 방도가 없다.
이 길을 오갈 때면 이런 생각이 떠오른다.
'오늘 돌아올 수 있는 길이 아니구나!'
지도로 보면 그리 멀지 않은 그곳이
머나먼 나라처럼 느껴지는 것도 사실이다.
감성이 이성을 지배할 수 있다고 생각한다.

우리나라 고속도로는 경상도와 서울 사이
전라도와 서울 사이 모두 잘 뚫려 있다.

그러나 대구와 광주를 잇는
88고속도로는 현재도 이 모양이다.
경상도와 전라도의 원활한 소통에는
이 국가가 전혀 관심이 없다는 생각을
느리게 달리는 짐차를 따라가며 하지 아니할 수 없는 것이다.

광주 Gwangju 49km
담양 Damyang 40km
순창 Sunchang 16km

15 좋은 사람

언젠가 그는 "니가 진짜로 원하는 게 뭐야?"라고 물었다.

그리고 나는 내가 진짜로 원하는 것을 찾아 나섰다.

그는 〈아버지와 나〉라는 노래에서 진솔한 마음을 읊조렸고

나로 하여금 무뚝뚝해서 미운 아버지를 끌어안게 했다.

나는 〈일상으로의 초대〉라는 노래를 좋아했는데

정말로 "해가 저물면 둘이 나란히 지친 몸을 서로에 기"댈

아내를 만났다.

형이란 호칭이 잘 어울리는 사람.

해철이 형!

그는 멈추지 않고 사람들을 더 새롭게 했고

가만히 있지 않음으로써 사람들을 더 자유롭게 했다.

왜 좋은 사람이 먼저 가느냐는 물음이 자꾸 맴돈다.

그의 노래는 오래 남아 사람들을 더 새롭고 자유롭게 만들 것이다.

무엇보다 그는 좋은 사람이었기 때문이다.

16 / 해선 안 되는 일

돌이켜보면 하고 싶은 일을 못 한 것보다
해선 안 되는 일을 제안받는 경우가 더 많았다.
때로는 나쁜 것에 동의하길 요구받기도 한다.
그런 때는 화도 나지만 불쾌한 감정이 먼저 든다.
나를 그런 사람으로 보다니….
그날 밤은 슬퍼진다.

해선 안 되는 일을 거절하는 것은 생각보다 품이 많이 들어서
하고 싶은 일을 하는 데 방해되기도 한다.
그렇다고 해선 안 되는 일을 하고 살 수는 없다.

해선 안 되는 일을 안 하는 것만으로도
훌륭한 삶일 수 있다고 생각한다.
나쁜 것들이 더 많은 세상에서는….

17 / 용기

누가 가르쳐주지도 않았는데
언젠가부터 이런 말이 오갔다.

"그러다 잡혀간다." "그러고도 괜찮니?"
(솔직히 언제부터였는지 기억한다.
사람들이 미국산 광우병 소고기를 수입해
먹고 싶지 않다며 광장에 나선 이후부터다.)

누가 잡아가고, 무엇이 안 괜찮단 말인가?
자유로운 21세기에.

표현의 자유가 멀쩡하게 살아 있는
살기 좋은 민주국가 우리나라이므로
자유롭게 말하고 표현하고 외쳐야지.

그러나 겁이 많은 나는 망설였다.
어떤 사람들이, TV가 자꾸 겁을 준다.
그럼에도 겁 없는 친구가 존경스럽다.

나처럼 겁이 많던 아이 엄마가 말했다.
"내가 더 용기 있는 것 아니냐?
겁이 없는 사람은 용기가 필요 없지만
겁이 많은 나는 용기를 내야 하잖아.
그러니까 내가 더 용기 있어!"

18 / 송년회

"모였으니 사진 한 장 찍어야지. 각자 잔을 들고…."
매번 카메라를 들이대면 한결같은 포즈를 취한다.
그래도 오랜만에 보는 얼굴들이라 똑같은 자세도 새롭다.
누구에게 술 한 잔 권하는 걸까?
지난 한 해 잘 보낸 나에게 한 잔.
내년에 다시 만나자며 한 잔.
건강하자고, 행복하자고 한 잔!
오랫동안 멀리 떠난다는 친구도 있다.
그 친구를 위해서 송년회는 잠시 송별회.
그래도 꼭 다시 보자며 한 잔 더.
노래방에서는 〈고장 난 시계〉라는 노래를 부르고 싶었다.

"그럼 내 시계는 망가졌나 봐.
자꾸 뒤로만… 거꾸로 흘러만 가네."
그러나 부르지 못했다. 울까 봐….

19 / 다이어리

언제나 그렇듯 '벌써' 12월이다.
항상 그래왔듯 올해 다 갔다.
얼마나 많은 목표를 세웠고, 얼마나 많은 좌절을 했던가.

목표하지 않았다면 좌절하지 않았을까.
어린 시절 동그라미 방학계획표를 떠올려본다.
6시 기상, 아침 운동, 아침 공부, 아침 식사….
그것을 지킨 아이는 아무도 없었고
우리는 모두 스스로를 미워했다.
계획표를 만들지 않았다면
나는 나를 사랑할 수도 있었을 텐데.

어지러웠던 올해를 어서 정리하기 위해
내일은 새 다이어리를 장만하겠어.
새 다이어리에 새로운 다짐을 할 거야.
올해를 빨리 끝내고 내년을 먼저 시작할 거야.

그러면 좀 달라질까? 흠… 쩝….^^

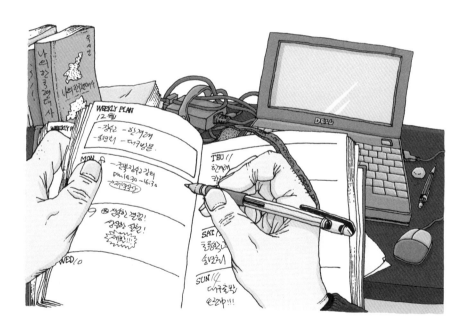

20 / 평생 질문

오늘 아침엔 둘째의 어린이집 선생님 전화에 놀라 잠에서 깼다.

"바깥 날씨가 좋아 아이들 코스모스 구경 갈 건데 늦지 않게 좀 데려다 주서요, 아버님."

선생님인 아내와 첫째는 이미 학교 가고 없다. 나는 부랴부랴 씻기고, 입히고, 먹이고, 머리를 빗기고 묶어서 코스모스밭으로 떠나기 직전의 꾸러기 어린이집 차에 둘째딸을 실어 보냈다. '내 얼굴에 찍힌 담요 자국은 아직 펴지도 못했는데' 하면서 돌아오는 길에 내뿜는 아침 첫 담배는 꿀맛이다. 큭큭큭! 습관처럼 전화기를 꺼내 보니 생뚱한 문자가 한 통 와 있었다. 새벽 2시 24분, 쿨쿨 자고 있을 때 도착한 이름을 밝히지 않은 짧은 문자는 이랬다.

"믿음은 어디에서 오나요?"

며칠 전 페이스북에 한심한 사연과 함께 전화번호를 밝힌 바가 있었는데 그것을 보고 문자를 보냈구나 싶었다. 그러나 발신인이 누구인지 추측하기는 힘들었다.

다시 생각해보니 심각한 질문이라 지나가던 공원의 벤치에 앉아 답 문자를 보냈다.

"안 믿어져도 믿으면 믿는 대로 되고, 그러면 다시 믿게 됩니다. 믿음은 안 믿어져도 믿는 데서 옵니다."

곰곰 생각하고 썼지만 성실한 대답은 아니었던 것 같다.

짧은 물음의 주인으로부터 오후 2시가 넘어 다시 문자가 왔다. 자신은 고등학생이고 내 만화를 보면서 이런저런 생각을 했다고 말했다. '이 친구는 어제 새벽 2시 넘어 잠을 잤구나. 지금은 학교이고 내가 문자를 보낸 아침은 수업 중이었겠구나. 지금은 점심을 먹었겠구나….' 그는 자신의 이름을 밝히지 않았고, 나도 묻지 않았다.

이 친구를 생각하니 예전에 만난 또 다른 친구 하나가 떠올랐다. 이 아파트에 처음 이사 왔을 때 나는 엘리베이터 안에서 낙서 하나를 발견했다. 캔디같이 눈이 크고 이라이자 머리를 한 소녀 그림 옆에 "행복이란 무엇일까?"란 글씨가 적혀 있었다. 우리가 가장 많이 누르는 열고 닫기 버튼 바로 위에. 우리 아파트에 사는 주민들을 헤아려볼 때 낙서한 사람은 초등학생이거나 중학생 여자아이일 것이다. 낙서는 반년이 지나서야 지워졌다. 출퇴근하거나 엄마들 모임 갈 때 엘리베이터 문을 서둘러 여닫던 어른들도 저 질문을 보았을 것이다.

믿음과 행복을 물었던 두 학생이 누군지 모르지만 이 나이 먹도록 그게 뭔지 모르는 나에게 다시 질문을 던져주시니 얼마나 고마운 일인가? 평생 물어야 할 것이지만 여차하면 혼이 빠져 묻지 않고 산단다. 그리고 쿨한 해답을 몰라 미안하다야.

불안한 청춘의 시작

서른을 맞이하는 자리의 소주 맛은 유난히 썼다. 김광석의 〈서른 즈음에〉란 노래가 전하는 정서와 우리는 맞지 않았다. 스무 살에 상상해본 서른이 이러했나 자문했다. 제대로 자리를 잡고 사회 생활을 하는 자가 아무도 없었다. 서른이란 나이는 결혼이란 굴레와 같이한다. 누구도 엄두를 내지 못하고 있었다. 막내라서 혼자 쫓겨났던 92학번 여자 선배가 소주를 가장 많이 마셨던 것 같다. 하필 그녀의 꿈이 일찍 결혼하는 것이었으니 말이다. 술값 계산은 신용카드로 해결했다. 한 사람이 적게는 두 개에서 대여섯 개까지 가지고 있었기에 카드 사용이 익숙했다. 하지만 사용 금액을 다음 달에 어떻게 결제하는지는 서로 묻지 않았다. 이 또한 빚이라는 것을 모두 알고 있었지만 어떤 행동을 많은 사람이 똑같이 하고 있으면 문제라고 여기지 않는 법이다. 나는 우리나라에서 이런 말을 제일 많이 들었다. "남들도 다 그래." 서로 묻지 않고 대답하지 않았기에

FESTIVAL III

가려져 있었나 보다.

감춰졌던 문제는 곧 터져 나왔다. IT업체로 몰려갔던 친구와 후배들은 월급이 6개월에서 1년씩 밀려 체불임금을 받을 때까지는 회사를 그만둘 수 없다고 했다. 그동안은 신용카드로 버텼다. '돌려막기'가 흔한 말이 되었다. 벤처 열풍 이후 부실업체가 도산하는 일이 많았기 때문에 일자리를 옮겨 다니느라 골치를 썩고 있었다. 외국계 보험회사에서 일하던 동네 친구는 아는 사람을 총동원해 실적을 채우는 '소개시장'이 고갈되자 어려움에 봉착했다. 역시 열 장 가까이 되는 카드로 돌려막으며 버티고 있었지만 밤낮을 가리지 않고 쏟아지는 채무 독촉을 견디지 못해 직업을 버리고 그의 아내와 야반도주했다. 소식이 끊긴 지 1년쯤 후 어느 시골 마을 제일 구석진 집에 살고 있다는 연락을 받았다. 그 집에 전에 살던 사람 역시 그와 같은 이유로 도시에서 도망친 가족이었다. 많은 친구와 후배들은 2년차, 3년차 공무원 고시생이 되어 있었다. 몇 년 동안 반복되는 낙방의 스트레스로 주변과의 소통에 문제가 발생하는 경우도 잦았다. 비합리적인 말을 반복하거나 쉽게 화를 내어 만남의 자리가 씁쓸하게 끝나기도 했다. 모두들 마음의 여유가 없었다. 역시 술값은 카드로 계산했다. 당시 9급 공무원 연령 제한 32세라는 마지노선에 닿은 친구들은 마지못해 이듬해부터 군무원 시험에 도전했다.

곳곳에서 과도한 카드 사용의 결과로 빚어진 일들에 대한 소식이 들렸다. 아버지의 친구는 갓 결혼한 아들이 쌓아놓은 엄청난 채무를 해결하기 위해 어느 날 자신이 만들 수 있는 가장 많은 신용카드를 발급받았다고 한다. 이 카드들로 최대한의 자금을 빌려 아들의 채무를 탕감하고 혼자서 산으로 숨었다는 이야기는 농담으로 들리지 않았다. 경찰공무원에 합격한 지 1년 된 한 친구는 당시 서울 방배동에서 근무했는데, 한강 다리에서 뛰어내려 목숨을 끊는 사람이 너무 많아 고생한다고 했다. 어떤 날은 한 구의 시신을 건지자마자 건너편 다리로 바로 출동하기도 했단다. 신입 경찰로 짧은 기간 동안 죽은 사람을 많이 보게 된 이 친구는 가능한 한 빨리 고향으로 근무처를 옮기고 싶어 했다. 잔인하고 폭력적인 채권 추심 사례는 자주 들을 수 있었지만, 경찰 친구가 말한 자살한 이들의 이야기는 뉴스에 잘 나오지 않았다.

분야를 달리한 나 역시 무엇 하나 신통할 리 없었다. 당장의 생활비를 마련하기 위해 용역회사에서 소개받아 '막일'을 다녔는데 현장에서 당시 사회상을 곧바로 체감할 수 있었다. 모두가 얼마 전까지는 다른 일을 했었다고 말했다. 사업하다 망한 사람, 해직당한 사람, 몇 년 동안 그나마 축적한 자금이 바닥난 사람, 카드빚을 갚아야 하는 사람, 신용불량자가 되어 가족과 헤어진 사람, 당분간 생활비를 벌면서 다른 일을 준비하는 사람, 시험을 준비하는 사람 등 갖가지 사연을 가진 사람들이 모여 있었다. 모두가 지금 하고 있는 이 막일은 원래 자신의 일이 아니라고 말했다. '노숙자'란 단어도 생겨났다. 현장에는 노숙자로 지내면서 오늘의 생활비를 충당하려는 사람도 여럿 있었는데 고용주는 그들이 일을 성실하게 하지 않는다며 꺼렸다.

몇 년 후, 시골 마을에 숨은 동네 친구는 아이가 생겼다는 아내의 말을 듣고 다시 사회에 나오기로 결심했다. 그는 나중에 아이가 공공교육을 받지 못하게 될까 봐 그런 선택을 했다고 한다. 묵혀둔 빚을 청산해야 했다. 나는 그의 일을 도우며 개인회생, 파산신청과 같은 제도를 알게 되었다. 그가 사채를 지고 현금을 만들기 위해 '카드깡'과 같은 지하경제제도를 이용했다는 사실도 그때 알았다. 갚아야 할 원금보다 쌓인 이자가 더 컸다. 이러한 정부의 신용불량자 구제책이 불편했던 사람들은 비아냥거렸다. "그래도 너네는 빌려서 써보기라도 했지." 어쨌든 그도, 나도 다시 시작해야 했다.

나를 포함한 주변에서도 막막하기만 했던 결혼을 하기 시작했다. 나와 친구들은 우연히 34세 되는 해에 우르르 결혼했다. 이듬해가 입춘이 없는 '과부 해'라는 근거 없는 우려를 주변에서 들은 탓도 있었다. 아내는 과부가 된다는 데 큰 불만이 없겠지만, 나는 죽을 수 없지 않은가. 결혼이 늦은 편이라고 생각했지만 지금 돌이켜보니 그렇지도 않았다. 동갑내기를 기준으로 보면 절반쯤은 아직 미혼이었다. 언론에서는 그해를 전후하여 대대적으로 해마다 의미를 부여해 결혼과 출산을 장려했다. 쌍춘년, 황금돼지띠의 해, 백호랑이띠의 해, 청룡띠의 해 등···. 결혼은 말 그대로 '새 출발'이었던 것일까. 우리는 모아놓은 자산이 없었다.

그해 가을, 졸업한 대학 선후배가 만나는 홈커밍데이에서 있었던 일이 떠오른다. "열심히 공부를 하든지, 열심히 놀든지 둘 중 하나만 하면 나중에 잘산다"던 88학번 선배가 한마디 하겠다고 일어섰다. 회사 생활을 하는 동안 바지 주머니에 손을 넣어본 적이 없는데, 후배들 앞에서 짝다리 짚고 말해도 되겠느냐며 유머러스한 양해를 구하고 꺼낸 첫마디는 "미안하다"였다. 그는 자신이 취업을 수월하게 했다고 고백했다. 그러고는 "힘들겠지만 이 어려움은 자네들의 책임이 아니다"라고 말했다.

우리의 책임이 아니라고 한들 뭘 어떡할 수 있겠는가. 나는 미안하다는 선배의 솔직한 말이 고마웠지만 이내 쓸쓸해졌다. 저 선배

의 지난 10년과 내가 속한 세대의 지난 10년은 많이 달랐으리라. 혼
자 쫓겨났던 92학번 선배가 생각났다. 저 선배는 당시에 살아남은
자였을 것이다. 잠시 오래된 갈증에 목이 탔고 맥주를 들이켰다. 우
리는 '안정'이란 것을 구경해본 적이 없어서 그것이 뭔지 모른다.
뭔지 모르면 무덤덤하다. 삶은 계속되어야 하므로 늦었지만 또 걸
어가야 할 뿐이었다.

그리고

/ 봄

01 / 다시

나는 걷는 것을 좋아한다. 산책을 좋아한다.
길을 나선다는 말을 좋아하고, 떠난다는 말도 좋아한다.

걸음을 멈추게 하는 것은 콘크리트 틈을 뚫고 나온 민들레꽃이다.
어디서 날아온 씨앗이 길 틈에서 꽃을 피우고
다시 세상에 씨를 뿌릴 것이다.
생명은, 진지함은, 간절함은, 갈구함은, 설렘은, 그리움은
진실은, 열정은, 정의는, 기쁨은, 사랑은, 행복은 퍼져나갈 것이다.
우리 언제나 그랬듯이.

02 / 4월

엘리엇은 왜 4월을 가장 잔인한 달이라고 했을까? 공휴일이 없어서?^^
나는 이렇게 생각했다. 그 애가 날 바라봐주지 않아서 그렇다고.
봄바람 불어 마음에는 몽글몽글 새싹이 텄는데 '그 애'들이 다른 곳만
바라보아서 그렇다고. 사랑의 이름보다 갈망만이 더 많아서….
서럽게도 꽃들은 흐드러지게 피는 거다. 잔인하게도 말이다.

이렇게 위로했다.

"사랑받는 것보다 사랑하는 것이 더 행복한 거다."
이 잔인한 4월의 꽃들 보며 울까 봐….

03 포기 못 해, 사랑은!

이런 말을 누가 만드는지 모르겠지만

연애, 결혼, 출산을 포기한 2030세대를 삼포세대라고 한단다.

그들이 동의할 리 없겠지만

여기에 인간관계와 집도 포기하였다 하여 오포세대라고 하고.

그럴 리 없다고 생각하지만

칠포세대는 포기한 것에 꿈과 희망이 보태어진 것이라고.

개인에게 책임을 묻기엔 사회적 구조적 문제가 심각하다.

모두가 노력해서 바꿔나가야 할 일이기에 포기했단 말이 섭섭하다.

적어도 그들보다 덜 어려운 환경에서 저 일곱 중 여러 가지를

가진 사람이 그렇게 말한다면 잔인하다.

그들은 아무것도 포기한 적 없다고 생각한다.

사람이 어떻게 바라는 무언가를 포기할 수 있는가?

그러니까, 오죽했으면….

그중에 '사랑'이 포함되어 있지 않아 다행입니다.

사랑을 포기하지 말아요.

그럴 리 없겠지만 어떻게 사랑을 포기해요?

힘든 세상이지만 어떻게 그녀를, 그를 포기해요?

2030청년들께 죄송합니다.

그렇지만 사랑을 놓지 않는다면 그중 꿈과 희망을 갖겠지요.

꿈과 희망으로 나머지를 바꿀 수 있다고 생각합니다. 같이 바꿉시다.

그러니 절대로, 절대로, 절대로 사랑을 포기하지 맙시다.

포기 못 합니다, 사랑은!

04 뭐라도 해야지

"가만히 앉아 있으면 뭐해? 뭐라도 해야지!"라며
피식 웃는 사람을 좋아한다.
뭐라도 하겠다는 마음이 당시엔 상상하지 못한
결과를 만들어내곤 한다.
그래서 나는 피식 웃던 사람에게
"아, 그럼 같이합시다!" 하며 웃고는
팔을 걷어붙이곤 했다.

05 / 외로움

가끔은 찾아오더란 말이다. 외로움!

예전에는 외롭다는 말이 창피했다.

소주야 혼자 마셔볼 수도 있지만, 삼겹살!

삼겹살을 혼자 구워 먹어보았나?

나는 갑자기 세상이 너무 아쉬워 보였다.

우리는 왜 길거리 벤치에서나 지하철에서 스치는

사람들과 아무런 인연을 맺지 않는가?

어쩌면 죽을 때까지 다시는 마주치지 않을 수도 있는데.

(길거리 노점에서 오뎅이라도 같이 먹을 수 있는 거잖아?)

왜 대한민국 정부나 어떤 절대자는 외로운 날
(특히 성탄절이나 매주 금요일 밤 같은 날)
외로운 사람끼리 만나서 수다 떨게 하지 않는가?
그때, 어떤 절대자가 현명한 제안을 하시었다.
"창피해하지 말고 찾아가! 외로움이 죄니?"
하여, 나는 이렇게 하기로 했다.
"외로움을 이기지 못하는 게 왜 나빠?"라고 말하는
소설가 박완서의 글(〈그리움을 위하여〉)로 위로 삼고
오랫동안 보지 못한 그 사람의 세계로 뛰어들어볼 거다.
창피해하지 않고!

06 / 세대

열아홉에는 내 풋풋했던 10대가 끝나는 게 아쉬웠고
"야호, 이제 자유다! 여자 친구도 사귈 거야!"
"그래도 우리 우정 변치 말자고!"
"그래그래! 변하면 배신이야! 배반이야!"
다가오는 20대가 겁이 났다.

스물아홉에는 20대란 이름을 잃는 것이 슬펐다.
"에이씨! 아직 집도 못 샀는데."
"에이씨! 장가도 못 가고!"
"여자 친구 한 번 못 사귀어보고 엉엉엉."
"이놈의 세상은 멸망도 안 해."
"그러니까 보험이 중요한 거거든, 이번에 새로 나온 게…."
또 30대가 두려웠다.

그리고 앞으로 40대, 50대….

잠시 눈 감았다 뜨면, 지나가버렸어도

좋았을 시간이란 게 있을 수 있을까?

다가올 날들… 아무리 그러한들
내 것으로 채워나갈 보석 같은 시간들.

07 / 벽돌집

이제 나와 동생들도 독립하여
아버지, 어머니 두 분이 사시는 1980년대에 지은 벽돌집은
낡을 대로 낡았다.
회벽은 페인트가 죄다 벗겨지고 물때가 가득하다.
하지만 보수나 리모델링은 절대 싫다고 하신다.
가족들은 답답하다.

그러던 어느 날, 세월의 가치가 눈에 들어왔다.
이 낡은 집은 80년대의 이야기를 고스란히 담고 있었다.

젊고 패기 넘치던 아버지와 어머니의 그때가
순진하고 불안한 눈빛의 어린 내가 남아 있다.
또한 말하지 못한 80년대도….
아버지는 낡은 벽돌보다 그 세월을 지우기 싫어하신다.
그리고 우리는 적어도 그 마음을 존중하기로 했다.
이제는 새로워지자고 아버지를 설득하지 않는다.
남겨두기로 한다.
우리는 아직 저 세월에 대해 못다 한 이야기가 많다.
모두 꺼내어 처음부터 해야 할 이야기가 아직 많다.
벽돌집, 1980년대.

08 / 노인회관

곰곰이 떠올려보다 새삼 놀랐다.
나는 그들이 살았던 시대를 잘못된 시대였다고
'가르치려' 했었다.
꼬맹이 나를 힘들게 키워냈던 그들에게
그들의 '선택'이 잘못이었다고도 말했다.
그들은 씁쓸하게 침묵했다.

그 시대가 옳았든 틀렸든 그들이 겪어낸 삶에 대한
부정은 잘못된 태도였다.
이제부터는 그들의 삶을 귀 기울여 들어야겠다.
그다음엔 우리의 삶도 이야기할 것이다.

09 / 외침

1980년대 중반이었다. 우리는 저녁마다
소타기, 말타기, 다방구놀이를 하느라 정신이 없었다.
어느 대학생 형이 술에 취해 가게 앞 평상에 앉아 우리에게 말했다.
"자이껨뽀는 일본말이야. 가위바위보라고 해야 돼!"
최루탄 냄새에 질린 아빠와 엄마들은 대학생 형, 누나들을 싫어했다.
"부모가 공부하라고 대학 보냈지. 데모하고 술 마시라고 대학 보냈나!"
당연히 나는 대학생 형, 누나가 왜 데모하는지 몰랐다.

대학생 형이 왜 그렇게 말했는지 마음으로 느끼는 데 10년 걸렸다.
또 아버지가 왜 그렇게 말했는지 마음으로 느끼는 데 20년 걸렸다.
30년쯤 지난 지금 다시 느낀다. 말하지 않아도 되는 때는 없다.
말해도 안 되면 외쳐야 한다. 외치는 사람들을 응원한다.
함께 외치겠다.

어느 대학생 형이 술에 취해 가게 앞 평상에
앉아 우리에게 말했다.

자이, 껌, 뽀는
일본말이야…

가위, 바위,
보라고
해야 돼!

최루탄 냄새에 질린 아빠와 엄마들은 대학생
형, 누나들을 싫어했다.

부모가 공부하라고 대학
보냈지, 데모하고
술 마시라고 대학
보냈나?!

비틀
비틀

당연히 나는 대학생 형, 누나가 왜 데모하는지 몰랐다.

10 / 뛰는 아이들

어릴 적 쉬는 시간엔 아이들이 '쉬지 않고' 뛰어다녔다.
요즘은 깔깔대며 뛰노는 아이들의 모습을 볼 때마다 행복해진다.
그럴수록 아이들이 마음대로 뛸 장소와 기회가 많지 않아 아쉽다.
아파트 층간소음 때문에 그렇고, 밖에 나가면 자동차가 위험해 그렇다.
어쩔 수 없지만….

어른들은 자신이 가지지 못한 것을 아이에게 주려고 한다.
안정, 풍요, 교육, 경쟁력, 기회, 따뜻한 사랑 등등.
문득 내가 가진 것을 아이가 못 가질까 봐 아찔해진다.
마냥 뛰어다녔던 기억, 신나게 놀았던 기억
도리어 공부하고 싶어질 만큼 놀아본 기억….
내 가슴속에 자리하고, 지금의 나를 만들게 한 기억
그러니까 추억.

11 / 가족

나도 자유롭고 싶었다.

그래서 스무 살 넘어서는 발길 닿는 데까지 달아나 보았고

하늘을 날아다니는 시늉도 실컷 했다.

세상의 밑바닥이 궁금하다며, 궁금해해야 한다며

멋 부리며 어설프게 굴러다니기도 해봤지만….

돌이켜보니 소리 지르고, 노래 부르고, 춤을 추어도

도무지 자유롭질 않아서 멈춰 서서 곰곰이 생각해보았다.

자유. 본래 손에 잡히지 않는 것이 더 간절한 법인가 하다가

가슴 아래 작지만 무거운 돌멩이 하나 콕 박혀 있어

내가 아무리 달리고, 날고, 굴러도

나를 가볍게 하지 않았구나 싶은 것이었다.

가족이 언제나 돌멩이처럼 그곳에 있었다.

그러나 여전히 자유롭고 싶다.

그래서 내 가슴 아래에서 신호를 보내면

가족을 돌아보기로 했다.

그러면 좀 더 자유로워지는 것 같았다.

12 〈사운드 오브 뮤직〉

하루는 애들 어린이집 보내고 청소하기 전, 나만의 브런치 시간에 TV를 켰다가 영화 〈사운드 오브 뮤직〉에 붙잡혀 주저앉고 말았다. 매번 볼 때마다 새로운 면을 발견하게 되어 감탄하는 영화다. 군 생활 시절, 내가 병장이던 어느 명절 오전에 이 영화가 텔레비전에서 나오길래 애들 앉혀놓고 봤었는데, 끝나고 뒤돌아보니 전부 축구하러 나가고 없었다. 에라이! 감성 메마른 인간들아! 더구나 이 영화에는 나치 독일에 어이없게 합병될 처지에 놓인 오스트리아 대령의 군인정신도 잘 드러났으니 대한민국 군인으로서도 봐야 될 영화란 말이다.

어쨌든 이번에도 새롭게 보인 몇몇 장면이 있었다. 트랩 대령이 출장 간 사이 마리아 선생은 커튼으로 애들 놀이옷을 만들어 입히고는 산으로 강으로 동네방네 싸돌아다니며 도레미송을 부르며 놀았다. 얼마 전 사귄 원숙미 넘치는 애인과 '찐따' 같은 친구를 차에 태우고 집으로 돌아오던 트랩 대령은 마을길에 줄 서 있는 나무에 웬 아이들이 하나씩 매달려 있는 것을 슬쩍 보고는 '어? 방금 뭐임?' 하는 표정을 짓는다. 그는 집에 돌아와 애인과 뒤뜰에서 차를 마시며 이야기를 나누고 있었는데 호수 저쪽에서 마리아 선생과 아이들이 다 낡은 나룻배에 와글거리며 앉아서 노를 저어오고 있는 것이 아닌가? 일곱 아이들은 트랩 대령을 보고 "와~ 아빠다, 아빠!"라며 아우성치다가 죄다 물에 빠지고 말았다. 이 꼴을 본 트랩 대령은 주머니에서 호루라기를 꺼내 냅다 불더니, 당장 들어가서 옷 갈아입고 나오라고 호통친다. 그리고 무안해하는 마리아 선생에게 묻는다.

"혹시 오늘 내 아이들이 나무에 올라간 적이 있소?"

나는 커피에 브런치를 먹다가 뿜고 말았고, 아예 드러누워 끝까지 보게 되었다. 조금 전 차 타고 들어오던 길 트랩 대령의 표정이 자꾸 떠올랐다. '어? 방금 뭐임?' 큭큭큭큭큭!

이번에 내가 특히 감동받은 부분은 다음 장면이다. 어느 파티 날 뒤뜰에서 트랩 대령과 마리아 선생은 오스트리아 전통 춤을 아이들에게 보여주겠다고 연습 삼아 춰보다가 눈이 마주치는 순간 전기가 통하고 만다. 견딜 수 없었던 마리아는 그날 밤 짐을 싸서 수녀원으로 돌아와 아무와도 말하지 않고 홀로 있었다. 이를 안 원장 수녀님은 마리아와 대화를 나누면서 수녀원은 도피처가 아니라고 말한 후 노래를 부르기 시작한다. (동료 만화가 권용득은 영화에서 사람이 이렇게 말하다가 노래하는 걸 무척 못 견딘다. 내가 그건 뮤지컬 영화라서 그렇다고 하면, 그는 "근데 사람이 어떻게 말하다가 노래를 할 수 있어요? 말이 돼요?" 그런다. 어이구, 답답해!) 이번에는 원장 수녀님의 노랫말이 가슴에 박혔다.

"모든 산을 오르거라. 모든 강을 건너거라. 모든 무지개를 좇아라. 너의 꿈을 찾을 때까지."

한마디로 수녀원은 너의 도피처가 아니니, 오려거든 가서 우선 결판을
내라는 얘기였다. 어쩌면, 우리 인생에서도 이 가사는 언제나 옳은 말일
것이다.

모든 산을 오르거라.
모든 강을 건너거라.
모든 무지개를 좇아라.
너의 꿈을 찾을 때까지.

13 / 색칠공부

세 살 난 막내딸이 하얀 벽지에 마음대로 낙서를 하고 말았다.
역시나 아이가 웬일로 조용하다면 십중팔구 사고를 치고 있는 것!
주말에 우리 집에서 '사촌계' 모임을 앞두고 있기에 아내는
궁상맞게 보일라 도배라도 해야겠다고 말했다.
나도 잠시 고민하다가 어차피 할 도배라면 색칠공부라도
해보자며 일곱 살 큰딸과 색연필을 잡았다.

며칠이 흘러 우리는 도배할 필요가 없게 되었다.
사촌들에게 우리 가족의 소박한 추억을 보여줄 수 있으니까.
달리 보면 예쁘기도 하니까.
마음처럼 안 되어 어지럽게 엉킨 내 인생도 하얗게
덮기보다 예쁘게 가꾸어볼까.
보기 나름, 마음먹기 나름….

189

14 / 갈망

새해가 밝았다.

언젠가 새해맞이 소원 풍선을 띄워 보내는 모습을 본 적이 있다.

자칫 시선을 옮기면 자신의 소원 풍선을 놓칠 수 있다.

수백 개의 풍선이 까마득해질 때까지

하늘을 바라보는 수백 개의 뜨거운 눈을 보았다.

이루어지지 않는다 해도….

갈망 그 자체가 아름다웠다.

15 / 여유

옛 친구의 소박한 행복을 소개하고자 한다.

친구는 담백하게 말했다.
"평소보다 한 시간 일찍 일어나서 이 닦으며 머리를 빗고
밥 먹으면서 뉴스를 보거나 음악을 듣고
집에 있는 반찬으로 도시락도 싸고, 커피 한 잔에 사과 한 알.
내 시간보다 조금 일찍 그곳으로 가는 거야.
천천히 걸어서.
해야 할 일을 하루 일찍 끝내었을 때
내일 만나기로 한 보고 싶은 사람이 오늘 '뿅' 하고 나타났을 때
서둘러 도착한 약속 장소에서 책 읽을 여유를 발견했을 때
이유 모를 행복을 느껴. 정말 그래."

어쩌면 나는 행복을 느낄 시간이 없었던 건 아닐까?

평소보다 한 시간 일찍 일어나서 이 닦으며 머리를 빗고,
밥 먹으면서 뉴스를 보거나 음악을 듣고,

뺑글 뺑글

사각 사각

집에 있는 반찬으로 도시락도 싸고, 커피 한 잔에 사과 한 알.

내 시간보다 조금 일찍
그곳으로 가는 거야.
천천히 걸어서.

16 / 행복의 다섯 가지 조건

하나. 먹고살기에 조금 부족한 재산.

둘. 모든 사람이 칭찬하기엔 약간 떨어지는 외모.

셋. 자신의 생각보다 절반밖에 인정받지 못하는 명예.

넷. 남과 겨루었을 때 한 사람은 이기고 두 사람에게는 질 정도의 체력.

다섯. 연설할 때 듣는 사람의 절반 정도만 박수를 보내는 말솜씨.

— 플라톤

이것이 행복임을 알아채는 일만 남았네.

17 / 더 힘들어질 거야

옛날에 엄마, 아버지가 고등학교 졸업하고
대학만 가면 이 고통도 끝이고 실컷 놀 수 있다고 하셨다.

직업만 구하면, 이번 일만 잘되면, 다시 한 번 이번 일만 잘되면
이번이 마지막이지만 잘되기만 하면
이번이 진짜 마지막이지만 잘되기만 하면
끝이 어디 있어? 될 때까지 하는 거지….
이렇게 어른이 되었고, 아이도 키우게 되었다.

나는 아이에게 말할 수 있을까?
"사실 더 힘들어질 거야"라고…. 자신이 없다.
옛날에 엄마, 아버지 흉내를 나도 내고 싶다.
언젠가 아이가 진실을 원한다면 말해야겠지.
다만 덧붙이고 싶다.

네가 더 단단해져 있을 거야.

더 강해져 있을 거라고.

더 힘들어진 것을 극복할 만큼 말이야.

그래서 더 즐거울 거야.

그건 좋은 거잖아. 안 그래?

그게 그렇더라. 그러니까 걱정 마.

18 / NOT BAD

좋음Good은 참 좋다. 다만 좋을 때가 그리 많지 않다.
인생은 원래 고통이라는 말이 점점 더 실감날 정도다.
어느 날, 행복의 기준을 조금 바꾸게 되었다.
나쁘지 않은Not Bad 경우에도 행복하기로 한 것이다.

둘러보면 Good인 경우는 적지만
(예를 들어, 맛이 '좋은' 음식을 추구하는 사람은
"이 집 음식 별로군"이란 말을 더 많이 할 수 있다)
Not Bad인 경우는 아주 많다.
모든 것이 나쁘진 않은 것도 같다.
Good을 너무 고집하지 않는다면
대부분 삶이 행복으로 바뀔 수 있다고 생각한다.
나쁘지 않다면….
절망의 한가운데에서도 우린 행복해야 하니까.

침대는 Bad가 아니라 Bed라고?

그림을 잘못 그렸네. 어떡하지?

(중학교 때 배운 거라 깜빡했다!)

무, 물론 침대에서도 Not Bad라고 말할 수 있다.

하루를 마치고 잠들기 전에.

불안한 청춘의 시작

2007년 대선에는 투표장에 나가지 않았다. 당선이 확실해 보이는 어느 후보가 사기꾼 같아 싫었다. 이것도 정치적 무관심일까? 2008년 미국산 소고기 수입 반대 촛불집회에는 나갔다. 갓 태어난 내 아이가 컸을 때 광우병 소고기를 먹이기 싫었다. 집회가 축제 같았다. 어느 언론에서는 아이를 유모차에 태우고 집회에 참석한 엄마들을 두고 "아이를 방패막이 삼아 시위하는 잔인한 엄마"라고 떠들었다. 너무 유치해 화가 났다. 우리는 엄마들이 외출하고 싶을 때 아이를 맡길 곳이 딱히 없다는 것을 잘 안다. 그 엄마들에게 벌금 200만 원이 부과되었다고 한다. 우리는 월 단위로 사는 한 가정에 200만 원이라는 예상치 못한 구멍이 나면 온 가족이 몇 달을 고생해야 하는지 짐작할 수 있다.

민주주의 탄압이라는 생각보다 난센스라는 말이 먼저 떠올랐다. '아이를 방패막이 삼는 엄마'라니, '난센스 정부'였다. 전교조 소속

FESTIVAL IV

선생님들이 사찰받고, 해직당했다는 소식도 들렸다. 내가 중학교 3학년이었던 1989년에 학교에서 쫓겨나 울면서 떠나던 전교조 선생님이 뒤늦게 떠올랐다. 선생님은 떠나는 날 칠판에 우리가 읽었으면 하는 책들을 써내려갔다. 《태백산맥》, 《장길산》으로 시작되던 목록을 받아 적었다. 그러나 2008년이 아닌가. 누가 먼저 꺼내지도 않았는데 "그러다 잡혀간다"는 말이 오갔다. 우리에게는 두려움이 아니라 짜증이 몰려왔다.

어느 날 아침 뉴스에서 용산 재개발 현장 화재 사건을 보았다. 뉴스 속보라고 강조된 자막에 "6명 사망"이란 글씨를 보곤 숟가락을 내려놓았다. 요즘도 시위 현장에서 사람이 죽나? 4층 난간에 매달린 한 사람의 허리에 진압경찰이 물대포를 쏘고 있었다. 떨어져 죽으란 말인가? 인간 진보의 시계가 거꾸로 흐르고 있다는 생각을 한 사람이 많았나 보다. 몇 달 동안 장례식을 치르지 않고 사망 의혹을 주장하는 유가족을 응원하기 위해 전국에서 사람이 모여든 것을 보면 말이다.

검찰이, 정부가 이 사건의 진실을 속 시원히 풀어주질 않는다. 영원히 땅속에 묻힐 것만 같았다. 언젠가 다시 조사하기 위해서라도 기록으로 남기자는 동료 만화가의 제안을 받아 유가족들에게 인터뷰를 요청했고, 만화집으로 냈다(《내가 살던 용산》). 종종 사람들이 나에게 '운동권'이었느냐 묻기도 한다. 때마다 나는 당연히 아니라고 말한다. 모임 뒤풀이 자리에 가면 다들 민중가요를 부르곤 했는데, 따라 부르지 못해 매번 머쓱했던 기억도 있다. 노래를 찾는 사람들 2집 앨범에 있던 〈광야에서〉나 〈솔아 솔아 푸르른 솔아〉가 나오면 조금 자신 있게 따라 부르긴 했지만…. 어쩐지 나는 자꾸 손님 같았다. 이방인처럼 소외감도 느낀다. 가까운 대학 선배 나이로 보이는 사람들은 옛날이야기도 심심찮게 하지만, 그들의 추억은 나와 아주 거리가 있어 보였다.

기막힌 일들은 자꾸 벌어졌다. 쌍용자동차 사태, 노무현 전 대통령의 죽음, 불법적인 미디어법 통과, 한진중공업 사태, 천안함 침몰, 북한의 연평도 포격, 2012년 대선 국정원 선거개입까지. 무엇 하나 진실이 없어 보인다. 유치하고 거짓말 같고 시대착오적이고 '구려서' 견딜 수가 없다. 의무라고 생각해서 간 건 아니었다. 그저 답답해서 시청 앞과 대한문에도 가보고, 쌍용자동차 철탑과 현대자동차 철탑에도 가보았다. 삼성반도체에서 백혈병에 걸려 죽는 사람 한둘이 아닌데, 산업재해 판정이 한 번도 나지 않았다는 데 의아해 만화로 만들어 알리기도 했다(《사람 냄새: 삼성에 없는 단 한 가지》).

　겨우 가정을 꾸리고 아이들도 낳아 키우다 보니 애들 생각에 나가게 되는 게 사실이다. 그렇다. 나와 비슷한 세대는 선배들에게 배워 그곳에 나간 게 아니다. 가르쳐주는 선배가 없었든, 선배가 가르쳐주는데 우리가 거절했든, '공부하거나 놀거나'를 먼저 배웠든 이렇게 답답한 세상에서 살기 싫어 나갔을 것이다. 지금 키우는 꼬맹이들이 컸을 때는 경쟁교육이 이 정도로 심하지 않았으면 좋겠다. 애들이 컸을 때는 대학등록금도 이만큼 비싸지 않았으면 좋겠고, 아이가 노동자로 살아간다면 지금처럼 서럽지 않았으면 좋겠다. 잠재력을 지닌 이들에게 기회가 공정했으면 좋겠다. 권력자에 빌붙지 않고 실력만으로 성공할 수 있으면 좋겠고, 모두가 훌륭할 수는 없으니 잘사는 자와 못사는 자의 격차가 슬플 정도로 크지만 않았으면 좋겠다. 무엇보다 상상도 할 수 없는 땅값, 집값에 내 부모의 노후와 나의 삶과 아이들의 행복이 매몰되지 않았으면 좋겠다. 이 같은 바람은 어떤 사람인가와 관계없이 모두가 소망하는 것일 터이다.

　늦었다는 말을 듣는다 해도, 나와 같은 X세대는 필요에 의해서라도 사회에 참여하여 답답한 현실을 바꾸고 싶다. 시청 앞에서 사람들이 〈임을 위한 행진곡〉을 외치면, 들어는 봤으니 입이 척척 맞진 않아도 아는 부분은 열심히 따라 부른다. 그래도 〈불나비〉나 다른 노래(제목이 생각나질 않는다)는 몰라서 못 부른다. '동지'란 말도 '투쟁'이란 말도 어색해서 쓰지 못한다. 이해해주었으면 좋겠다. 어떤 아저씨가 87년 노동자 대투쟁에서부터 맥을 같이해야 한다고 할 때, 우리는 몰라서 서운하다. 집으로 돌아가야 할 것 같아 무안하다. 한편으로 붉은 띠와 깃발과 힘찬 민중가요가 너무 과하면 사람들의 마음이 불편하여 여러 세대를 아우르는 폭넓은 연대를 이룰 수 없을지 모른다는 감각도 있다. 모니터와 스마트폰을 통해 더 많은 이에게 진실을 알리는 방법에도 익숙하다. 더 신선한 소통 방법에 대해서도 관심이 많다. 선배 세대가 그들의 기억에 애착을 갖듯, 우리 세대의 기억도 존재한다. 서슴지 않고 개인성을 추구했음을 부인하고 싶지 않다.

나와 우리 세대는 X세대, 개인주의자라고 불렸다. 개성을 중요시하였고 스스로를 내세우고 싶었다. 자기다움으로 미래를 연 서태지를 꿈꾸었다. 그러나 앞길이 막혀 막막하던 시절, 쓴 소주를 마시며 서른을 맞을 즈음에 나는 생각했다. 스무 살의 페스티벌이 마지막이었음을. 선배들이 이끈 민주주의의 혜택에 힘입어 개인의 가치를 추구하였기에 우리의 '연속하여 뒤틀린' 10여 년을 드러내고 호소할 수 없었다. 그러나 바꾸고 싶다. 가능하다면 자기다운 방법으로 바꾸고 싶다. 더 나은 세상을 만들기 위해서는 손잡아야 한다. 손잡기 위해서는 서로를 알아야 한다. 이해가 필요하다. 배척하지 말고, 알고 이해했으면 좋겠다. 그래서 두렵지만 여기 나와 그들이 있었다고 말한다. 그들의 세월 또한 들여다보아야 할 역사에 속하기 때문이다.

주

억

당신의 추억, 당신의 이야기
당신의 추억이 담긴 이야기를 들려주세요.

01 문방구

02 / 단풍놀이

03 / 노릇

04 / 창고

05 오일장

06 / 골목

07 / 노인회관

08 행복의 다섯 가지 조건

더 힘들어질 거야
더 강해질 거야
더 즐거울 거야

지은이　　　김수박

■

2016년 5월 9일 초판 1쇄 발행

■

책임편집　　안혜련
기획·편집　　선완규·안혜련·홍보람·秀
기획·디자인　아틀리에

■

펴낸이　　　선완규
펴낸곳　　　천년의상상
등록　　　　2012년 2월 14일 제2012-000291호
주소　　　　(03983) 서울시 마포구 동교로 45길 26 101호
전화　　　　(02) 739-9377
팩스　　　　(02) 739-9379
이메일　　　imagine1000@naver.com
블로그　　　blog.naver.com/imagine1000

■

ⓒ 김수박, 2016

■

ISBN　　　979-11-85811-22-2 03810

■

이 도서의 국립중앙도서관 출판예정도서목록(CIP)은 서지정보유통지원시스템 홈페이지(http://seoji.nl.go.kr)와
국가자료공동목록시스템(http://www.nl.go.kr/kolisnet)에서 이용하실 수 있습니다.
(CIP제어번호: CIP2016009808)